Christian Koechinger: **Mephistos Tod**

AF219879

CHRISTIAN KOECHINGER, geboren 1971, lebt mit seinem Sohn in Braunschweig. 2015 veröffentlichte er mit *Neubaugebiet* seinen ersten Roman. Zuvor hatte er überwiegend Lyrik verfasst. In der Folge wandte er sich vor allem dramatischen Formen zu und schreibt aktuell Theaterstücke.

Christian Koechinger

Mephistos Tod

Spiel

BoD – Books on Demand

Bibliografische Information der Deutschen Nationalbibliothek:
Die Deutsche Nationalbibliothek verzeichnet diese Publikation
in der Deutschen Nationalbibliografie; detaillierte bibliografische
Daten sind im Internet unter http://dnb.dnb.de abrufbar.

1. Auflage Oktober 2021

© 2021 Christian Koechinger
Coverbild: Street Art
Herstellung und Verlag:
BoD – Books on Demand, Norderstedt

ISBN 978-3-754-39622-3

„Es lebe, wer sich tapfer hält!
Du bist doch sonst so ziemlich eingeteufelt.
Nichts Abgeschmackters find ich auf der Welt
Als einen Teufel, der verzweifelt. "

Johann Wolfgang Goethe:
„Faust - Der Tragödie erster Teil",
V. 3370 - 3373

PERSONEN

MEPHISTO
GRETA
LEMURIUS
DR. JOHANN FAUST
HELENE
VALENTIN
MARTHA
HAUSANGESTELLTE
LISA, BABETTE & SIBYLLA
UWE 1, UWE 2 & UWE 3

LEMUREN
TRAUERGÄSTE
GARTENNACHBARIN
WIRT
MASKENBILDNERIN
WANDERGRUPPE
FAMILIE
MOUNTAINBIKER
THEATERPUBLIKUM
MITTELALTER-BAND

ERSTER AKT

PROLOG IN DER HÖLLE

Hölle. MEPHISTO im schmiedeeisernen Lehnstuhl kauernd, im Hintergrund ein schwacher Feuerschein. Gelegentlich sind aus einiger Entfernung Schreie zu hören.

M E P H I S T O: Hört ihr in Ewigkeit sie schrei'n?!
Ach, wie's mich grämt, wie bin ich's leid,
von Ewigkeit zu Ewigkeit
das böse Element zu sein!
Mephisto, Teufel, Luzifer,
Beelzebub, der Fliegen Herr,
und anders noch werd ich genannt.
Ihr fürchtet euch? Nun, bitte sehr!
Doch tief in mir fühl *ich* mich leer,
nur müde noch und ausgebrannt.
Ausgebrannt... - Das Wortspiel passt:
Das Höllenfeuer ist verblasst.
Ach, was! Erloschen ist's, verglüht...
Und was mich so zu Boden zieht,
ist, dass ich's nicht mal ändern will!
Wie mein Gehilfe sich auch müht,
dass mich die böse Lust nicht flieht:
Die Welt, sie dreht sich; ich steh still.
Was ist nur los? Was ist passiert?
Was hat mich bloß so ruiniert?

Äonen lang zwang ich der Welt,
die sich der kleine Gott erschuf,
die stetige Verneinung auf.
Verführt zur Sünde, geil nach Geld
und Geltung folgt' er meinem Ruf,
und Jünger hatte ich zuhauf.
Es ist der Mensch so herrlich schlecht!
Zu seinem Schaden, seiner Qual

ist Teuflisches rasch ausgeheckt.
Und es verfing beim ersten Mal:
Ich sag nur: Apfel, Weib, Reptil…
Ansonsten brauchte es nicht viel.
Dem Adam war es vorbestimmt,
dass ihm Erkenntnis Leiden bringt.
Schon folgt' der erste Brudermord,
und danach setzte sich das fort
durch die Jahrhunderttausende.
Ich störte hier, zerstörte dort,
erzeugte Wahnsinn vielerorts:
Mal stillen, mal aufbrausenden.
Kriege und Seuchen schätzte ich
als brüderlich Verbündete,
und wenn ich übers Schlachtfeld schlich,
konnt' ich nicht sagen, ob ich mich
am Toten mehr, der schon erblich,
erfreut' als am Verwundeten.

Mein größter Stolz, ich sag es frei,
mein *Welterfolg* war Weltkrieg Zwei:
Nie zuvor war etwas krasser!
Im Osten herrscht' in kalter Mordgier,
mit dickem Schnurrbart der Georgier.
Im Zorn das Dritte Reich regiert'
das Kurzbart-Seitenscheitel-Tier,
der schreiende Semiten-Hasser!
War das ein Fest! –
Er reibt sich die Hände.
Das war noch besser als die Pest...
Die beiden hatten kein Gewissen!
Die Welt war hübsch am Untergehn.
Da hätte ich wohl sagen müssen:
„Verweile doch, du bist so schön!“
Doch der zu schnell entschwund'ne Kick
des allerhöchsten Augenblicks
brach meinem Glücke das Genick!
Und es erging mir wie fast allen:
Ich bin in Depression verfallen.
Das war der Punkt, an dem's begann.

So wurde ich zum alten Mann
mit schweren Knochen, schwerer Last,
der jede Chance zur Tat verpasst.
Ein Schatten nur des bösen Geists,
den man *gefallener Engel* heißt.

Der Ur-Sturz brachte mir die Rolle,
die ich gespielt manch tausend Jahr'!
Er (Deutet nach oben.) fragte nicht, ob ich sie wolle,
denn *Ihm* war Seine Ordnung klar:
Er allmächtig-allumfassend,
und *ich* all dieses herzlich hassend;
so wollte er den Weltenlauf.
Er setzte mir die Gegen-Krone auf!
Die dunkle Herrschaft war mein Lohn. -
Ach, wie sehr hab ich sie satt!
Ich will nicht mehr, ich danke ab!
Drum bat ich kürzlich um Audienz,
bei Ihm, dem Großen Einen Herrn,
um Pensionierung und Pension
mit ihm als Dienstherrn abzuklär'n.
Nachdem die Lob-Tiraden Seiner Fans
verklungen war'n, erschien Er schon.

Er schien recht mild gestimmt zu sein
und war sehr väterlich im Ton... -
Jedes Mal fall' ich drauf rein!
Am Ende gießt Er immer Hohn
aus goldenen Eimern auf mich aus.
So auch hier! - Ich trug Ihm vor,
aus meiner subjektiven Sicht
sei die mir auferlegte Pflicht
weit über alle Maßen schon erfüllt.
Drum sei ich weiter nicht gewillt
und habe auch die Kraft nicht mehr,
noch meinen Posten zu bekleiden.
Seit jeher *körperlich* versehrt,
plagten mich nun *mentale* Leiden.
Deshalb erbät und wünscht' ich sehr,
von jetzt an aus dem Dienst zu scheiden!

Er sagte nur: „Gar keine Frage!
Dafür gibt's keine Rechtsgrundlage!
Solange Wir das Sagen haben,
dient *jeder* Geist für alle Tage!"
Im Anschluss kam dann nur noch Spott
vom Lieben, Guten, Großen Gott:
Es sei doch nun die große Chance
für *mich*, der ich gewöhnlich sonst
die am Boden Liegenden versuche,
einmal so ganz wie aus dem Buche
am eigenen Leibe zu erfahr'n,
was ich der Welt schon angetan.
Ein kleines Plus an Empathie,
das schade selbst dem Bösen nie!
Komme ich auf den Geschmack,
stehe gar ein Praktikumsplatz
mir bei den oberen Engeln offen.
Denn den Verlorensten zu retten
aus seines dunklen Dranges Ketten:
Nie werde Er aufhör'n, das zu hoffen!
Nach diesen Worten ließ Er mich
sprach- und verständnislos zurück.

Alleine stand ich vor dem Tor
und war so klug als wie zuvor.
Soll denn des Alten Ironie
dem kalten Teufelsschalk-Genie
am Ende überlegen sein? -
Nein, nein, nein, und dreimal nein!
Mephisto, hör in dich hinein:
Es muss da einen Ausweg geben!
Er überlegt und schlägt sich dann vor den Kopf.
Wenn man als Geist nicht gehen kann… -
so kann man's als normaler Mann!
Wie blind war ich, das nicht zu sehen:
Wer sterben will, muss erst mal leben,
erst *dann* kann er zu Grunde gehen!

So muss ich also danach streben,
mich zum Sterblichen zu wandeln...
Und wohl zum Menschen gar? Igitt!
Doch was hilft's: Ich muss jetzt handeln,
ich spiel Sein Spiel nicht länger mit!
Gleich heute noch... - Ach, nein... - Nein, morgen!
Morgen recherchiere ich!
Morgen mach ich einen Plan.
Als Teufel hab ich viel getan;
doch *dieser* Weg ist neu für mich!
Hab ich die Menschen sonst gehetzt,
scheint es, dass ich zu guter Letzt
nun auch einer der ihren werde:
Nicht böser Hirte – Teil der Herde.
Doch streb' ich ihr entgegengesetzt:
Ich will leben, dass ich *sterbe*!

LEMURIUS erscheint aus dem Hintergrund.

L E M U R I U S *(besorgt für sich):*
Aus meines großen Herrn Gemach
höre ich wieder „Weh!" und „Ach!",
wie schon zu oft in letzter Zeit!
(Zu Mephisto.) Ich wünsch Euch einen guten Tag,
der uns viel Böses bringen mag!
Ich fragte mich, ob ihr Euch freut,
dass frisches Seelenmaterial,
schon vorbereitet für die Qual,
heut' eingeliefert worden ist.
Ob Eure Exzellenz wohl selbst
Hand anlegen mag beim Marter-Fest?
Es ist manch' lohnenswerter Fang
in unseren Bezirk gelangt.
Stolz sind die Menschlein - hier, wie dort.
Er deutet nach oben.
Sie wähnen sich in Depression,
im Fiebertraum und Drogenrausch.
Noch haben sie die Illusion,
doch ist's mit ihnen *ewig* aus.
Das werden sie noch lernen müssen,

dass sie für immer sind entrissen
dem lieb gewordenen Weltenhaus.
Mein Herr und Meister: Wie sieht's aus?
Macht Ihr mit Nachdruck ihnen klar,
dass nichts mehr wird, wie's gestern war?
M E P H I S T O: Was? Klar machen? Ich? - Nein, nein!
Lass mich mit diesem Zeug in Ruh'!
Mach du das weiterhin allein!
Für mich ist hier nichts mehr zu tun.
L E M U R I U S: Eine Hölle ohne Teufel?
Da hab ich doch größte Zweifel!
So ist das nicht definiert:
Das Feuer heiß, sein Herr frustriert.
Los, auf denn! Alles ist bereit...
M E P H I S T O: So, schweig!
Was weißt du, armseliger Lemur,
denn vom *bereit Sein*?
Von Stunden,
Minuten,
Sekunden,
die jahrtausendelang Gültiges zunichte machen,
in zwei, drei Gedankengängen.
Dazu bereit zu sein,
das zu ertragen,
die einstige Existenz in Scherben
und doch
als ewig fortdauernd ansehen zu müssen,
ist *mir*,
dem Geist der Negation,
am Ende nun auch zugedacht?
Oh, Ekel,
den ich gegen Menschenwerk empfand,
jetzt auch
gegen mich selbst?
(Für sich.) Seltsam, wie mit dem Sinn zugleich
mir auch die Sprache schwindet.
Wie der, dem's aus Natur sich reimt,
nur bruchstückhaft zusammenbindet,
was Finsteres in ihm Bahn sich bricht!
Am Ende sprech ich Prosa noch!

(Zu Lemurius.) Jetzt stopf sie in das Ofenloch,
mach ihnen gut die Hölle heiß... -
Ha! - Welch' teuflisch' Wortspiel!
Pah! - Welch' öder Scheiß!
Er sinkt in den Stuhl zurück.
L E M U R I U S: So schlecht war das nicht... - fand ich!
Das ist der Herr, den ich von früher kenne,
zupackend, derbe, böse, reich
an destruktiver Energie
Den ich den *Fürst Verderber* nenne,
der Faust verführte, das Genie...
M E P H I S T O *(ungläubig-unwillig)*: Faust?
L E M U R I U S: Ja, den Herrn Doktor.
M E P H I S T O *(zornfunkelnd)*: Faust?
L E M U R I U S: Den Gelehrten, ja!
M E P H I S T O *(gefasst-ironisch)*: Beinah' hätte ich gesagt:
Da sei denn doch der liebe Gott vor,
dass es einer nochmal wagt,
den Namen meiner größten Schmach
in meiner Gegenwart zu nennen!
L E M U R I U S: *So* gut werde ich Euch kennen,
zu wissen, was ich wagen kann,
und wann ich nenne welchen Mann.
Das Spiel ist längst noch nicht zu Ende,
die Chance ist da für eine Wende:
Das Alte wird Euch nicht mehr lähmen,
könnt Ihr am Neuen Rache nehmen!
M E P H I S T O: Was ist mit diesem Rätselwort gemeint?
Du willst mich locken, wie es scheint!
Faust... *(Er verzieht das Gesicht.)* - ist tot.
Und sein Unsterbliches... - weilt dort.
Er deutet mit dem Kopf nach oben.
Soviel ich weiß.
Da lässt an Rache sich nicht denken;
wir müssen uns aufs Untere beschränken.
L E M U R I U S: Es kam aus seinem Stamm ein Reis,
vom selben Spekulierer-Geist,
der heut' noch wie sein Ahnherr heißt.
M E P H I S T O: Musst du mich denn ewig kränken
mit dem schändlichsten Betrug?

Mich davon jetzt abzulenken
und Zerstreuung mir zu schenken,
das wär hilfreich, das wär klug!
Doch du kannst es niemals lassen,
und so muss ich mich befassen
ein um ein um's andere Mal
mit der Schande, mit der Qual! -
Faust!
So vielversprechend ließest du dich
umpudeln
von mir,
warst willig, dich
mir zu verkaufen
für flache Unbedeutendheiten,
die euch die Welt sind,
erbärmlichstes Menschenvolk!
So leichtes Spiel hatt' ich mit dir:
Fick und Fack und Zick und Zack,
und schon hatten wir den Pakt!
Dann Gretchen,
das schmucke Mädchen,
verdorben.
Ihre Mutter, schlafend,
verstorben,
und der Herr Bruder auch:
Als Soldat und brav,
nach Stich in den Bauch.
Und welche Chancen hatte
das Kleine?
L E M U R I U S: Keine!
M E P H I S T O: Genau!
Am Ende war der Doktor Faust
tief in blut'ge Schuld verstrickt.
Und in Teil Zwei wurd' es nicht besser:
Nachdem er Helena gefickt,
verstarb ihm auch das zweite Kind.
Wir druckten Geld, gewannen Land,
und: *Ja!* Wir führten Krieg!
Noch mancher musst' sein Leben lassen.
Alles schien mir gut geglückt... - Und doch:

16

Als Fausten tot am Boden liegt,
krieg ich die Seele nicht zu fassen,
weil sie der Alte mir entzieht! -
(Schäumend, im Tonfall Hitlers.) Welch ein Betroch!
L E M U R I U S: Faust sprach die Worte nicht,
die er im Pakt mit euch codierte.
Gelangte heim ins Himmelslicht,
weil er sie clever manövrierte.
M E P H I S T O: Schall und Rauch! -
Er sprach vom „höchsten Augenblick",
den er im Vorgefühl genösse.
War so nicht anders zu verstehen,
als dass der Ring sich nun ihm schlösse,
der ihn an *mich* auf ewig kettet.
Doch von *Oben* wurde er gerettet,
und bleibet dort nun ewiglich!
L E M U R I U S: Er sagte „dürfte" und nicht „darf",
als er versank im Todesschlaf.
Es ist so furchtbar primitiv:
Ihn rettete ein Konjunktiv!
Doch lasst uns nun nach vorne schauen
und auf die Gegenwart vertrauen:
Wie können wir, was Euch gestohlen,
von seinem Abkömmling uns holen?
M E P H I S T O: Was faselst du für wirres Zeug?
Zweimal nur hat Faust gezeugt;
und beide Kinder starben früh.
Von einem weiteren hört' ich nie!
L E M U R I U S: Lang, noch lang vor Margarete,
fast war er noch ein kleiner Jung',
im Studium theologicum,
vergaß er sich bei wilder Fete
mit einer klugen Wirtshausmagd.
Die hat es ihm dann nie gesagt,
dass sie ihm den Sohn austrug.
Doch, wie gesagt, die Magd war klug,
gab fort das Kind… - und wurde seine Frau.
Gab ihn auch andernorts als Vater an.
Wie schon erwähnt: Die Frau war schlau.
Die spürte es, dass sie den Erben

lebend erhält nur außer Haus.

In Faustens Nähe würd' er sterben.

So lebte er und hieß auch... - Faust!

M E P H I S T O: Lüge! Unsinn! Fantasie!

Eine hanebüch'ne Theorie!

Das Märchen glaub ich nicht!

L E M U R I U S: Nun ja, bekanntlich ist der *Glaube*

nicht Eure meistzitierte Pflicht.

Und es steht Euch, mit Verlaube,

die Lüge besser zu Gesicht!

MEPHISTO macht eine ausholende Handbewegung, LEMURIUS weicht ihr geschmeidig aus.

L E M U R I U S: Na, na, na – wer wird denn gleich

den strafen, der die Wahrheit spricht?

Bring ich doch ins Untere Reich

von Oben, dem ich auch verwoben,

manches Neue, manches Licht.

Warum prüft Ihr ihn nicht selbst,

den Ihr für unmöglich haltet?

Reist hinauf in seine Welt,

wo er waltet, wo er schaltet.

Sucht ihn auf, *versucht* ihn auch!

Denn längst nicht nur im Groben

ist er ganz wie Heinrich Faust:

Experimentiert in seinem Haus,

mit irrem Blick, das Haar zerzaust...

Streckt' er die Zunge noch heraus,

sieht er wie Albert Einstein aus.

Dessen Erbe tritt er an:

Es hebt die Welt aus ihrer Bahn,

wenn er nur erst vollenden kann,

woran er forscht seit vierzig Jahr'n.

So steht's in diesem Magazin.

Er reicht MEPHISTO ein Wissenschaftsmagazin, dessen Titel FAUST zeigt. MEPHISTO betrachtet es.

Einen Besessenen wie ihn,

den kann man mit der Aussicht fangen,

ganz exklusiv *das* zu erlangen,

was jedem sonst verschlossen ist.

Was Ihr nun einzig machen müsst:

Geht hin, und zeigt ihm, wer Ihr seid!
Der ist die Hemm- und Hindernisse leid,
der ist zu jedem Pakt bereit,
so dass er blind Euch unterschreibt.
Dann habt ihr ihn – und zwar für immer!
Unmöglich, dass erneut ein schlimmer
Eingriff Gottes ihn Euch stiehlt:
Gewettet habt Ihr diesmal nicht -
So steht *Er* nicht in schlechtem Licht,
wenn Er ihn *nicht* zu sich befiehlt.

M E P H I S T O *(das Titelblatt ansehend)*: Kopernikus. Einstein. Pionier.

Welches Gebiet? Steht das auch hier?

L E M U R I U S: Integrierte Quantengenetik.

M E P H I S T O: *Die* hat das Licht der Welt erblickt?

L E M U R I U S: Bisher ist es noch Theorie.

Doch Faust sei nah dran wie noch nie,
die *eine Formel* zu vollenden.

Sie bringe eine Zeitenwende,
wie's kaum bisher schon eine gab.

Wenn ich das recht verstanden hab,
lässt alles sich mit ihr verändern,
vom Urknall bis zu seinen Rändern.

Mit *ihr* beherrscht man, was die Welt... -

M E P H I S T O: ... im Innersten zusammenhält,
schon klar!

Pause. Er räuspert sich.

Das kann Einer nur. - Bisher.

Pause, in der er erneut das Titelblatt betrachtet.

Du hattest Recht: Typen wie *der*
sind für des Geistes Zaubermacht
immer anfällig gewesen.

Du hast mich da auf was gebracht... -
Das Heft hier werde ich mal lesen!

Dir wünsch ich eine produktive Nacht:
Ich hoff, du kommst auf deine Spesen!
Verbrenne sie! Und mach sie kalt!
Ich geb dir vollste Höllengewalt!

LEMURIUS salutierend ab.

M E P H I S T O *(an das Titelbild gerichtet)*:
  Und du, mein Bester, gärst und siedest,
  wie es dein Ahnherr schon getan?
  Und greifst auch nach den Sternen wieder,
  und willst verändern ihre Bahn?
  Ein Rollentauschspiel soll das werden:
  Du wirst *Gott*; und ich ein Mensch auf Erden.
  Und Er bleibt, was er will und muss:
  Aeternus Deus absconditus.

ERSTE SZENE

Abends in der Villa der Familie Faust. HELENE und VALENTIN im
weitläufigen Essbereich beim Dessert. An der Rückwand zwei Türen,
seitlich jeweils eine. Auf dem Tisch neben diversem Geschirr, Kerzen
usw. eine bis auf einen Rest geleerte Weinkaraffe. Die HAUSANGE-
STELLTE kommt.

H A U S A N G E S T E L L T E: Verzeihen Sie, doch es erschien
  am Hauptportal ein fremder Herr.
  Von Uriano nennt er sich,
  unseren Hausherrn kennt er nicht;
  doch er komme zum Termin.
  So lang Sie speisen, wartet er.
  Besteht bei Ihnen noch ein Wunsch?
  Cognac, Grappa, Whisky? Punsch?
  Oder Schierker Feuerstein?
  Der Magen will befriedet sein!
Nach Aufforderung schenkt sie beiden ein.
V A L E N T I N: Sagen Sie dem fremden Herrn,
  wir sähen ihn ja wirklich gern.
  Doch ist der Hausherr nicht zu Haus,
  und der Termin fällt deshalb aus!
H E L E N E: Wir nehmen gern den Digestif
  zu dritt. Servier'n Sie im Salon!
  Auch wenn den Gast man nicht berief,
  geht er nicht unversorgt davon!

Zwar werden wir nicht bieten können,
was er von meinem Mann erhofft',
doch lernt er die Familie kennen,
und das ist ziemlich hilfreich, oft.

HAUSANGESTELLTE ab.

V A L E N T I N: Mutter! Bürde uns nicht auf,
was Vater uns ins Hause bringt!
Der Herr Professor Doktor Faust
hat doch dem Bösen sich verdingt!
Wir wissen das Geheimnis nicht,
das süchtig er enträtseln muss,
denn stets scheut er das Tageslicht:
Im Morgengrauen macht er Schluss,
wenn er allein die schwarze Nacht,
mit Experimenten zugebracht.
Kürzlich hört´ ich unverhohlen
„Hab ich dich, jetzt hab ich dich!"
unten im Labor ihn johlen.
Ach, wie bitter traf es mich!
Dein Ehemann ist nicht gesund,
steht mit dem Teufel gar im Bund!
H E L E N E: Ach, mein treuer, guter Sohn,
fürchte du nicht des Vaters Tun!
Er ist nicht krank. Er forscht verbissen,
will - wie sein Namensvetter - wissen,
was uns're schöne weite Welt
bisher noch stets für sich behält.
Lass ihn! Denn er hat zu viel
- wie auch ich – erleiden müssen.
Lass ihm, gönn' ihm dieses Ziel!
Soll es ihm die Zeit versüßen,
die ihm noch geblieben ist,
wenn stündlich seit dem Schreckenstag
er seinen ersten Sohn vermisst!
Ich weiß sehr wohl, wie dich das plagt,
wie es an deiner Seele nagt,
wenn Vater diesem Geist nachjagt.
Doch Valentin, sei unverzagt,

21

denn eines sei hier klar gesagt:
Wir *heißen* zwar wie *jener* Faust -
der *Teufel* kommt uns nicht ins Haus!

VALENTIN: Musst du alles wieder mal
dem Alten zu verzeih'n versuchen?
Du sollst ihn hassen, tiefste Qual
ihm wünschen, ihn verfluchen!
War *er* es nicht, der dir den Sohn
durch Aufsichtsmangel sterben ließ,
und nun als falschen Lohn - welch' Hohn! -
auch noch dein Mitgefühl genießt?
Euphorio fiel in die Tiefe,
weil Vater fort im Meeting war!
Niemand, der das Kleinkind riefe,
es zu hindern, es zu halten,
es zu lösen von der bösen, kalten,
ausgestreckten Todeshand,
es am Leben zu erhalten!
Für meinen Bruder: Niemand da!
Willst du stets die Decke breiten
über die Familienscham?
Ich will für die Wahrheit streiten:
Mein Vater ist ein böser Mann!

HELENE: Wahrheit, Sohn, was nützt uns Wahrheit,
wenn wir weiter leben wollen?
Als Möglichkeit allein verbleibt,
dem Schicksal stumm Respekt zu zollen.
Das Universum hat bestimmt,
dass euch den Bruder, uns den Sohn,
unmäßig früh der Unfall nimmt.
Man unterwirft sich solcher Fron!
Sie trinkt.
Ich verbot mir meine Tränen,
richtete den Blick nach vorn.
Dafür muss ich mich nicht schämen.
Hab Greta erst, dann dich gebor'n.
Lass uns auch *jetzt* nach vorne schauen:
Es erwartet uns ein Gast...
Wir müssen dem Moment vertrauen,
da man die Zukunft sonst verpasst.

V A L E N T I N *(springt auf)*: Verdrängung und sonst nichts ist das!
  Dann geh zu ihm, doch ohne mich.
  Du trägst wie immer Vaters Last -
  Mutter, ich bedaure dich!

VALENTIN durch eine der hinteren Türen ab.

H E L E N E *(nach einer Pause)*: Kinder, Kinder: Fromm und stur!
  Von Differenzierung keine Spur.
Sie trinkt und erhebt sich dann mit dem Glas in der Hand.
  Wohlan denn, ich beherrsche mich.
  Erwachsensein kennt nur die Pflicht!
*Sie leert das Glas und stellt es gedankenverloren ab. Anschließend
geht sie durch eine seitliche Tür hinaus.*

ZWEITE SZENE

*Salon in der Villa, ebenfalls mit mehreren Türen. Im Kamin glühen
Holzscheite. HELENE tritt ein, gefolgt von MEPHISTO.*

H E L E N E: Hier nun entlang, und hier herein!
  Was zögern Sie? Herein, hopp-hopp.
  Herein denn nun! Etwas salopp
  sag ich´s, und bitt' es zu verzeih´n.
  Doch irgendwas verströmen Sie,
  das mich sogleich vertraulich stimmt,
  den Zwang der Konvention mir nimmt.
  So bin ich eigentlich sonst nie…
M E P H I S T O: Gnädige Frau, recht vielen Dank!
  Ist dies das Zimmer Ihres Manns?
H E L E N E: Nein, nein... – Johanns Reich ist unten.
  Wir haben uns hier eingefunden,
  Ihn zu erwarten und zu reden.
*Sie schenkt beiden „Asbach Uralt – J. W. v. Goethe Vintage Reserve
1952" ein und reicht ihm dann einen Schwenker.*
  Wir wollen unser Glas erheben,
  auf dass sein Inhalt uns beglücke
  und geistvoll, wie er ist, entzücke!

M E P H I S T O *(mit ihr anstoßend)*: Prosit, und erneut zum Dank!

Sie leben hier sehr kultiviert!

Was mich nun brennend interessiert,

ist, ob ihr Mann denn wohl schon fand,

worauf er seinen Forscherdrang

seit Jahr und Tagen fokussiert?

Ich frage das recht ungeniert,

weil's öffentlich geschrieben stand.

H E L E N E: Mein lieber Herr, Sie kränken mich!

Sie blicken mir ins Angesicht,

stießen soeben mit mir an...

- und fragen *nur* nach meinem Mann!

M E P H I S T O : Gnädigste, verzeihen Sie!

Ich schwöre, dass ich *lieber* nie

mein Anliegen verworfen hätt',

als unter Ihren Blicken jetzt!

Nur, was mich treibt, ist derart stark,

dass ich *so* forsch danach gefragt!

H E L E N E: Sie Schmeichler! - Nun, was ist es denn,

das Ihnen auf der Seele brennt?

Sie nimmt in einem der Winchester-Ohrensessel Platz und bedeutet ihm, es ihr gleich zu tun.

Sie mögen mir's in Ruh' erzählen,

ob wilde Freud', ob drückend' Leid

bedrängend wirkt auf Ihren Geist,

oder Dämonen ihn gar quälen... -

Sie müssen's nicht korrekt berichten,

gern dürfen Sie auch was erdichten.

Des Abends bin ich oft allein,

drum will ich unterhalten sein!

Und wenn *Sie* Unterhaltung wollen,

dann halten Sie sich nur an mich.

M E P H I S T O : Auf meiner *Seele brennt? (Er lacht kurz auf.)* Sie sind toll!

Ich bin von einem Leid geplagt,

das ich zu Unrecht tragen soll,

und das nicht zu beschreiben ist.

H E L E N E: Wer kennt das nicht? So geht's uns allen!

M E P H I S T O: Mir will es trotzdem nicht gefallen!

H E L E N E: „Leben ist Leiden", sagt der Buddhist.

M E P H I S T O: Erlauben Sie, die *Religion*,
  die sparen wir hier lieber aus!
  Sie hat sich nicht nur nie gelohnt,
  sie war von jeher mir ein Graus!
  Wenngleich ich ohne sie nicht wär...
  Das zu verstehn ist aber schwer,
  und ist jetzt nicht der rechte Ort...
  Er hält inne und schaut sich im Raum um. Er deutet auf den Kaminsims.
  Sind das Familienbilder dort?
H E L E N E: Dort? *(Sie wendet sich um.)* Ach so, ja ja!
  Die stehen schon so lange da...
  Sie steht auf, nimmt ihn am Arm und geleitet ihn zum Kamin.
  Ich hab sie klassisch aufgestellt:
  Vater, Mutter mit den Kleinen,
  danach die Tochter in der Welt,
  die es zu Hause nicht mehr hält.
  Woran sich frau nur schwer gewöhnt...
  Ist sie nicht schön?
M E P H I S T O *(das Foto der erwachsenen GRETA in die Hand nehmend)*:
                    Nein, nicht *schön*!
  Dieses Wort ist viel zu schwach,
  um ihres Anblicks Zaubermacht,
  wenn ich sie tief bewegt betracht',
  nur im Ansatz zu beschreiben!
  Ich hab so manche Sturmesnacht
  im Rausch des Blutes durchgemacht;
  das sei vorbei, hatt' ich gedacht...
  - um desto stärker nun zu leiden!
  Wer ist sie, die, indem sie lacht,
  auf diesem Bilde, sanft und sacht,
  so lodernd mir den Wunsch entfacht
  sie zu beschenken und zu kleiden,
  in ihre Anmut wild vernarrt,
  an ihr für immer mich zu weiden?
  Ihre Tochter ist sie, wohlgebor'n,
  zu höchstem Glanze auserkor'n!
H E L E N E: Das schmeichelt sehr! - Doch sollten Sie
  in Gegenwart der Mutter nie

das Lob der Tochter übertreiben:
Sie wird ihr stets die Jugend neiden.
MEPHISTO: Sie haben Recht, ich hab's erneut
unachtsam, unbedacht versäumt
nach dem, was *Sie* betrifft, zu fragen.
Ich hörte Sie gerad' eben sagen,
die *Gewöhnung* falle schwer:
Kommt denn die Tochter nicht mehr her?
Helene nickt.
Dann vermissen Sie sie sehr!
Und das Gewissen wird Sie plagen,
so dass Sie oft sich selbst anklagen?
Sie nickt erneut. Er überlegt kurz.
Gab es womöglich einen Streit,
und Töchterchen ist nicht bereit,
das Kriegsbeil wieder zu begraben?
Sie nickt ungläubig und versteinert.
Doch ändern können Sie es nicht,
weil nur... - wie heißt sie eigentlich? -
den alten Knoten lösen kann?
HELENE: Sie haben es exakt erkannt,
und alles im Detail benannt.
Greta ging fort. Das ganze Land
ist nun das ihre. Und meine Hand,
die sie einst führte, ist wie verbrannt,
die unberührte. Sie kluger Mann!
Pause, in der sie sich fasst.
Nach *Euphorio*, Sie sehn ihn hier,
ist sie das zweite Kind, das mir,
im Lauf der Welt abhanden kam.
Als mir der Tod den Jungen nahm,
versank ich wohl in Leid und Gram,
doch hätt' ich's nicht verhindern können.
Bei Greta kann ich Gründe nennen,
konnte Entwicklungen erkennen,
die uns entzweiten, sie und mich.
Und dennoch schaffte ich es nicht,
den Riss, als es noch ging, zu kitten,
und um Verzeihung sie zu bitten,
dafür, dass ich erkaltet war,

als direkt nach des Sohnes Tod
ich seine Schwester schon gebar.
Darunter hat sie *so* gelitten...
M E P H I S T O: Sie konnten *Liebe* ihr nicht geben.
H E L E N E: Nein, das konnt' ich nicht. Jetzt ist's zu spät.
M E P H I S T O *(auf ein Foto deutend)*: Und der hier neben Ihnen
steht,
ist...
H E L E N E: ...unser Jüngster, Valentin.
Die Schwester wurde Künstlerin,
und er hat nur für Ordnung Sinn.
Er wohnt noch hier bei uns, ist brav,
und dient dem Lande als Soldat.
M E P H I S T O: Wie doch stets die Phänomene
frei abgewandelt wiederkehren...
Regierte droben nicht die Häme,
es schien, *Er* wollte mich was lehren.
H E L E N E: Jetzt geht es doch um Religion?
M E P H I S T O: Vergriff ich *derart* mich im Ton?
Ging es nicht gerad' um Ihren Sohn
und Greta, ihr besonderes Kind?
Erzählen Sie mir doch geschwind,
ich bitt' sie, noch von *ihr* ein wenig!
*Er betrachtet wieder Gretas Foto, das er noch in der Hand hält und
dann sorgsam an seinen Platz zurückstellt.*
H E L E N E *(Anfänglich leicht abwesend, da sie auf Ihrem Telefon
eine gerade eingegangene Nachricht liest)*:
Gern, denn unser Gast ist König!
Doch müssen wir's für heut' verschieben.
Mein Mann ist lange ausgeblieben,
doch ist er wohl demnächst daheim.
Gerade hat er's mir geschrieben.
Sie fasst Mephisto an beiden Händen.
Ich lasse Sie darum allein.
Ich möchte gerne höflich sein:
Bestimmt woll'n Sie sich vorbereiten,
Ihr Ansinnen ihm auszubreiten,
und die Familienschwierigkeiten
zu tauschen gegen Wissenschaft.
Im Bedarfsfall bitte läuten,

es kommt für Sie die Hausdienstkraft.
Ich sage darum „Gute Nacht"!
Ich ziehe mich zurück für heute.

*Sie hält ihn noch einen Moment lang an den Händen und geht dann
mit einem nach innen gerichteten Lächeln ab.*

M E P H I S T O: Wunderlich sind doch die Frauen,
  wenn vor, zurück und vor sie schauen.
  Ich kann, ich *darf* auf sie nicht bauen,
  muss mich dem *Genius* anvertrauen!

DRITTE SZENE

*Derselbe Salon. MEPHISTO betrachtet in der Nähe des Kamins mit
dem Rücken zur Tür stehend die Familienfotos. FAUST stürzt in großer Erregung herein. Das Haar ist wirr, die Kleidung nachlässig, der
Mantel nass und verschmutzt. Er gießt sich ein Glas Weinbrand ein,
das er in einem Zug leert. Sofort schenkt er sich nach, trinkt einen
kleineren Schluck, beruhigt sich bemerkbar und nimmt scheinbar erst
dann Notiz von MEPHISTO.*

F A U S T: Sorry, Meister... Woll'n Sie auch?
Er gießt ihm ein und reicht ihm das Glas.
  Wie Sie wissen: Johann Faust.
  Und Sie... - sind meinetwegen da.
  Der Grund dafür ist offenbar
  das alte Faust-Mephisto-Spiel.
  Doch haben *Sie* ein anderes Ziel!
  Was schauen Sie denn so entgeistert?
  Mir ist's bewusst, ich weiß es, reicht das?
M E P H I S T O: Ähm, was...? Woher...? Das gibt's doch nicht!
F A U S T: Das gibt es nicht? Sie täuschen sich!
  Ist es nicht *das*, was Sie hier wollen:
  Volle Universal-Kontrolle?
M E P H I S T O: Ich hätte nicht gedacht, dass...
F A U S T: ... ich dich gleich erkenne?

Nun, dafür reicht die Forschung schon,
um als geheimer Zeitspion
wohl allerlei davon zu sehn,
was erst in Zukunft wird geschehn.
So hast du dir's ersparen können,
mir deinen Namen klar zu nennen...
Du magst es ja nicht unbedingt,
wenn man mit Fragen in dich dringt,
wer denn genau du seist, nicht wahr?
Mir war's schon vor drei Tagen klar,
dass *du* es warst, der den Termin
mit mir für heut' vereinbart hat.
Verzeihung, dass ich nicht erschien:
Ich war beschäftigt in der Stadt!

MEPHISTO: Sie glauben also, klar zu wissen,
wer hier gerade vor Ihnen steht,
so dass wir keine Worte wechseln müssen,
weil alles von alleine geht?

FAUST: Ja, ungefähr, so in der Art.
Wie du weißt, schätz' ich die Tat
am allerhöchsten, nicht das Wort!

MEPHISTO: Oh ja! *(Lacht.)* Ganz der Doktor: Hochgelahrt,
und auch schon reichlich angejahrt,
und plappert kindlich immerfort!

FAUST: Gleicht mein Geist ihm gar so sehr?

MEPHISTO: Es ist nun schon ein Weilchen her,
dass ich ihn zuletzt gesehn...

FAUST: Ich wünscht', ich könnte vor ihm stehn!

MEPHISTO: Was hindert Sie? Sie sagten ja,
Sie seien schon der Allmacht nah.

FAUST: Nun, nicht ganz. Bei Licht besehn,
steckt's zwar nicht in den Kinderschuh'n,
wonach Jahrzehnte ich gestrebt,
doch weil Entscheidendes noch fehlt,
bleibt mir Entschiedenes zu tun.
Durch die Zeitläufte zu reisen,
das Weltall aus den Geleisen
zu heben, mir allein zu eigen
zu machen: *Das* ist das Ziel!
Die Methode ist mir klar,

meine Berechnungen sind wahr.

Die Theorie ist wunderbar!

Doch an *Geld* fehlt mir noch viel...

M E P H I S T O: Doch mein heutiges Erscheinen

konnten Sie schon prophezeien?

F A U S T *(lachend)*: Ein kleiner Taschenspielertrick!

Mir fehlt das letzte Puzzlestück!

Wenn ich das verborgene Missing Link

- bei besseren Finanzen! - find'

und an den rechten Platz es rück',

dann nenne mich zu Recht *Genie,*

Laplacescher Dämon oder *Gott...* -

Dann bin ich stärker als der Tod!

Vorbei für immer alle Qualen!

Denn als Beherrscher der totalen

Quanten-Gen-Determination

lenk' schaffend ich den Weltenstrom!

M E P H I S T O *(nach einer Pause)*:

Wie viel fehlt denn? Ich mein... -

(Er reibt sich mit typischer Geste die Finger, um Geld zu symbolisieren.) hier?

F A U S T: Ich denke, dreißig reichen mir.

M E P H I S T O: Tausend?

F A U S T: Nein: Millionen!

M E P H I S T O: Oh, das ist stattlich! - Tja, und nun?

Was gedenken Sie zu tun?

(Kumpanenhaftes Zuraunen imitierend.)

Wo woll'n Sie den Zaster holen?

F A U S T: Tun? Ich? Gar nichts. - Nicht direkt.

M E P H I S T O: Sie haben doch nicht aufgesteckt?

F A U S T: Das hab ich gerade nicht gesagt...!

M E P H I S T O: Sie brauchen einen, der was wagt,

und Sie kassieren den Gewinn?

F A U S T: *So* kommt das schon eher hin.

Zum Teufel, du bist wirklich schlau!

M E P H I S T O: Wie funktioniert Ihr Plan genau?

F A U S T: Helene, meine schöne Frau,

ist nicht für *Schönheit* nur bekannt.

Sie *ist* die Schönste im ganzen Land;

zugleich ist sie die *Reichste* auch!

M E P H I S T O: Und wo liegt dann Ihr Problem?

F A U S T: Stehst du echt so auf dem Schlauch?

M E P H I S T O: *(Er überlegt)*. Ha! Gütertrennung! Unbequem!
  Sie kommen an ihr Geld nicht ran!

F A U S T: So lang sie lebt, ist nichts zu holen.

M E P H I S T O: Haben Sie nie ihr was gestohlen?

F A U S T: Die paar mickerigen Scheine?
  Das große Geld ist's, was ich meine:
  Ihre Aktien und Beteiligungen!
  Dazu einmal vorgedrungen
  und damit richtig umgesprungen,
  wär' ich Herrscher dieser Welt.
  Doch hab ich *nichts* von diesem Geld...

M E P H I S T O: ...weil sie es nur für sich behält.
Er überlegt erneut.
  So warten Sie darauf zu erben?

F A U S T: Und dafür muss die Gute sterben!

M E P H I S T O: Sie wirkt doch aber recht gesund.
  Ihr Herzeleid tat sie zwar kund;
  sie schien mir dennoch lebensvoll
  und nicht dem Tode nah zu sein.

F A U S T: Mephisto, du bist wirklich toll!
  Verstellst du dich für mich zum Schein?
  Oder weißt du wirklich nicht,
  was ich mit diesem Satze mein'?

M E P H I S T O: Zum letzten: Ja. Zum ersten: Nein!
  Ich finde darauf keinen Reim.

F A U S T: Wer ist der Böse von uns Zwei'n?

M E P H I S T O *(nach einer Pause, zögernd)*:
  Du glaubst, da ich der Teufel bin,
  könnt' ich für dich der Mörder sein?

F A U S T: Aus meiner Sicht ergibt das Sinn.

M E P H I S T O: Oh mein großer G... - du spinnst!
  Warum, denkst du, bin ich hier?

F A U S T: Du willst Erlösung! Erlösung
  von dem ewig Bösen!

M E P H I S T O *(scheinbar frustriert)*: Und die wird nur bei *Ihm* er-
  worben!
  Doch ist *Sein* Mitgefühl erstorben!

F A U S T *(feurig)*: Dann mach doch *mich* zum Gotte, Mann!

Denn wenn ich das, was ich begann,
nur voll und ganz vollenden könnte,
so wollt' ich auch *dein* Leid beenden.
Du könntest werden, wer du willst,
wenn du mir nur zur Macht verhilfst.
Du hast so viele Frau'n verdorben,
da kommt's auf meine nicht mehr an!

M E P H I S T O: Sie wär die erste nicht, wohl wahr!
Er seufzt.
Und auch die letzte nicht...

F A U S T: Na, klar
wär sie die letzte, glaub es mir!
Was du auch willst, ich geb es dir!
Willst du gut sein – bitte schön:
Bist du erst Mensch, wird's leidlich gehn.
Denn kein *Teufel* wird dich stören,
nur auf dein Mitgefühl zu hören.
Die Finsternis wird überwunden,
und Mephisto ist verschwunden!

M E P H I S T O: Das dachten And're auch schon oft:
„*Einmal* nur, nur *einmal* tu ich's noch!"
Doch hatten sie's umsonst erhofft
und blieben unter Satans Joch.
Du sagst, mit einer letzten Untat
könnt' ich zum Guten mich befrei'n?
Ich sag, befolg' ich deinen Un-Rat,
werd ich es tausendfach bereun:
Ich werde sein wie Corleone
oder dieser Walter White:
Bist du erst böse, geht's nicht, ohne
dass du ihm verhaftet bleibst!

F A U S T: Du *bist* es seit Äonen... -
und *bleibst* es auch, wenn du nichts tust!
Doch handelst du, wird es sich lohnen;
und lohnt sich's nicht: Gibt es Verlust?

M E P H I S T O: Das heißt, du kannst nicht garantieren,
dass meine Wandlung wirklich klappt?
So wirst du mich nur irritieren,
statt mich zu locken für den Pakt!

F A U S T *(langsam-bedeutungsvoll)*: An einen Pakt denkst du? Sieh
einer an!

M E P H I S T O: Tratest nicht *du* an *mich* heran,
um über Leistungstausch zu sprechen,
botest mir helfend deine Hand
im Gegenzug für ein Verbrechen?
Du sprachst vom Faust-Mephisto-Spiel:
Ist denn ein Pakt dann nicht dein Ziel?

F A U S T: Auf Ziele gebe ich nicht viel.
Es ist doch alles vorberechnet,
und unser Wille ist nicht frei.

M E P H I S T O: Und doch ist dir nichts einerlei!
Im Determinismus steckst du fest,
willst aber Weltenherrscher sein:
Nie wird ein Paar aus diesen Zwei'n!
Was du auch planst, was du auch machst:
Es wurde vorher ausgedacht.

F A U S T: Wenn ich jedoch dorthin gelänge,
wo man dieses „Vorher" denkt,
durchbräch' ich für mich alle Zwänge,
und wäre der, der alles lenkt.

M E P H I S T O: Aber dort bist du nicht! Wir gehn im Kreis.

F A U S T: Dann lass uns diesen Kreis durchbrechen!
Ich gebe dir jetzt dies Versprechen:
Wenn ich durch deine tätige Hand
das, was ich brauch, an Geld erlang',
um meine Formel zu vollenden,
dann mach ich dich zum Menschenmann
und strenge mich nach Kräften an,
dir, was *du* brauchst, zuzuwenden.

M E P H I S T O: Das klingt nun aber doch nach Pakt!
Sieh, mit uns beiden ist's vertrackt:
Wo einer weicht, da dehnt sich aus
der andere. Wie Tag und Nacht,
wie Heiß und Kalt, wie Yin und Yang.
Du brichst das ab, was ich begann,
ich dämpfe das, was du entfachst,
wir spielen immer Katz und Maus.

F A U S T: Willst du zum Menschen werden, Teufel?
Vom Ewigsein ins Hier und Heute,

in die Zeit eingehn und sterben?

MEPHISTO *(nach einer langen Pause)*:
Ja, ich will.

FAUST: Dann brauchst du mich!
Dann lass uns nicht mehr schwankend werben!
Ich reiche dir zum Bund die Hand.
Gib deine mir, und hilf mir erben,
und ich helf dir, sobald ich kann.
Vertrau'n wir uns von Mann zu Mann!

Er überlegt kurz.
Ich denke, *Blut* braucht's diesmal nicht.

MEPHISTO *(lacht)*:   Wir handeln mit vertauschten Zeichen:
Wir müssen uns dem Zeitgeist beugen.
Wie sollt' denn *ich* den Bund, den wir erreichen,
selbst, wenn ich's wollt', mit *Blut* bezeugen?

*Er zerdrückt das Weinbrand-Glas und lässt die Scherben zu Boden
fallen. Er zeigt Faust die unverletzt gebliebene Hand, bevor er mit
dieser die seine ergreift.*

FAUST: So sei es denn: Dann gilt es nun!
Sag mir sogleich: Wann willst du's tun?
Vielleicht sofort? Jetzt wird sie ruh'n.
Verläng're ihr die Ruh für immer!

MEPHISTO: Faust, oh, Faust, du bist ja schlimmer
als jeder Teufel dieser Welt!
Und bist recht Mensch, denn für dich zählt
nur einzig und allein das Geld!

FAUST: An ihrem Geld, vergiss nicht, hängst auch du!

MEPHISTO: Im Schlaf zu töten ist tabu!
Unsereiner darf es nicht.
Sie schließt *hernach* die Augen zu,
doch *währenddessen* sieht sie mich!

FAUST: Hergebrachtes Höllenrecht,
ich werde es wohl nie verstehn!
Mir scheint, es kommt dir gerade recht,
der Tat noch nicht ins Aug' zu sehn.

MEPHISTO: Über die Tat stehn wir im Bund,
nicht jedoch den Tatzeitpunkt.

FAUST: Das ist ja wohl Haarspalterei
und klingt mir sehr nach Polizei.
Mit *Feuer* bist du nicht dabei!

M E P H I S T O: Bleib bei deinen Formeln, Faust!
Im *Feuer* seid ihr nicht zu Haus:
Bereits dein Ahnherr fand das raus!
F A U S T: Sei es drum, es gibt zu tun.
Ich gehe jetzt. Sei du mein Gast.
Magst hier rasten oder ruh'n:
Doch tu, was du versprochen hast!
M E P H I S T O: Die Skepsis, Faust, nagt nur an dir.
Ich werd' es nicht vergessen!
F A U S T: Morgen nach dem Abendessen,
treffen wir uns wieder hier.
Nutz' die Zeit für deine Pläne,
auf dass geschieht, was wir ersehnen!
M E P H I S T O: Ich bleibe gerne noch ein wenig
für mich allein in diesem Raum.
Du schlafe nun, und trunken, selig
beherrsch' das All in deinem Traum!

Faust nickt ihm zu und verlässt mit einem Kopfschütteln den Raum.
Mephisto blickt auf die am Boden liegenden Glasscherben, bewegt sie
einen Moment lang gedankenverloren mit der Fußspitze. Dann nimmt
er erneut das zuletzt betrachtete Familienfoto in die Hand.

M E P H I S T O: In der Familie, wie mir scheint,
wohnt allezeit der ärgste Feind.
Das hast du dir schön ausgedacht,
dass ich, als Muster aller Schurken,
dir deine brave Frau abmurkse.
Fast hätte ich dich ausgelacht:
Glaubst du, ich will in Blitzesschnelle
geradewegs zurück zur Hölle?
Und Greta, ach, du holdes Wesen,
dir soll ich nach des Vaters Willen,
nie mehr versöhnt, die Mutter *killen*,
und du sollst halb als Waise leben?
Lemurius?! Lemurius?!
Komm her, wir müssen reden!
Zur Formel dieses Magicus
muss es noch andere Wege geben!

VIERTE SZENE

Derselbe Salon. MEPHISTO. LEMURIUS erscheint an der Spitze einer Schar untergeordneter Lemuren.

L E M U R I U S: Ihr rieft uns Meister; hier sind wir!
M E P H I S T O: Nein. Ich rief allein nach dir!
  Was wollen all die Laffen hier?
L E M U R I U S: Im Hause eines Mächtigen,
  des Verbrechens gar Verdächtigen,
  tut man stets recht wohl daran,
  rückt man mit Verstärkung an.
M E P H I S T O: Du hast gelauscht, so kenn' ich dich!
L E M U R I U S: Allein an Euren Schutz denk ich!
  Und diese Staffel ebenso.
M E P H I S T O: Ach, da bin ich aber froh!
L E M U R E N C H O R: Nur unserm Meister,
                Größtem der Geister,
                dienen wir treu.
                Uns tränket und speist er,
                Atzung verheißt er,
                reißender Leu.
                Kot und Dung schmeißt er,
                alle bescheißt er,
                täglich aufs Neu'!
M E P H I S T O: Lasst gut sein, Jungs, mich schmerzt mein Ohr!
L E M U R E N C H O R: Nur selten zuvor
                waren wir ein Chor,
                meistens allein.
                Am höllischen Tor
                sangen wir Euch vor.
                Ach, wie gemein:
                Gehoben der Tor
                von Eng'lein empor,
                so sollte es sein…
M E P H I S T O: So schweigt mir doch, ihr dummen Lümmel
  von dem verhassten Lügenhimmel!
  Lemurius, die soll'n uns dienen,
  anstatt den Greisen-Chor zu mimen!

L E M U R I U S: Verzeiht, wir hatten nicht geprobt.
Warum habt Ihr uns hergeholt?
Mit Tatkraft überstrahlen wir
nun den missglückten Auftritt hier!
M E P H I S T O: Durchsucht das Haus in dieser Nacht
als heimliche Besucher!
Was hat der Doktor Faust gedacht,
mit wem spricht er, und was tut er?
Was ihr auch findet: Hergebracht!
Und vergesst nicht den Computer!
Ich glaub', dass er schon weiter ist,
wonach er sucht, zu finden,
als er mir sagt, um eine List,
mir klug-dreist aufzubinden.
L E M U R I U S: Ihr befehlt! Nun eilt, Lemuren,
des Meisters Willen auszuführen,
in diesem Haus verdächt'ge Spuren,
geheim im Stillen aufzuspüren.
Doch wartet ab, bis alles schläft,
und hütet euch, sie zu erschrecken:
Wer reich ist, und wer Wissen trägt,
der lässt nur allzu leicht sich wecken!

*LEMURIUS mit den anderen Lemuren ab. Die HAUSANGESTELLTE
erscheint bald darauf in der Tür.*

H A U S A N G E S T E L L T E: Der Herr Doktor trug mir auf,
Ihnen Ihr Zimmer anzuweisen:
Es liegt dort gleich die Trepp' hinauf.
Wünschen Sie heute noch zu speisen?
M E P H I S T O: Nein, vielen Dank, ich brauch' nichts mehr.
Sie will gehen.
Nein, warten Sie! Vielleicht Dessert?
Wenn es nicht zu viel Mühe macht?
Des Öfteren, da lieg ich wach;
dann wird es eine lange Nacht,
wenn's in den Eingeweiden knurrt.
Ein bisschen Obst, Naturjoghurt?
An so was hätte ich gedacht.
H A U S A N G E S T E L L T E: Das lässt sich sicher arrangieren.

Wo darf ich es dem Herrn servieren?

M E P H I S T O: Servieren? - Wo? - Ach so. - Na, hier!

Sie will erneut gehen.

Wär'n Sie so nett und sagen mir:

Des Hauses Tochter, Greta Faust,

sie sieht gediegen-festlich aus,

auf dem Kindheitsfoto dort! In Blau-Weiß,

mit Blüschen, Rock und Weste:

So was trägt man doch zumeist

bei einem religiösen Feste?

H A U S A N G E S T E L L T E: Natürlich. - Ach, wie hübsch sie war!

Gerade neun erst ist sie da;

das war bei ihrer Kommunion.

M E P H I S T O: Ach, so! - Spielt denn die Religion

für sie auch heut' noch eine Rolle?

Oder denken Sie, ich solle

das nicht fragen? Diskretion… -

Er bricht ab, da HELENE in großer Unruhe eintritt.

M E P H I S T O: Oh, gnädige Frau, Sie sind noch wach?

Sie wollten oder sollten doch

in Schlaf und Traum versinken!?

Sie sehn mich freudig überrascht,

Sie heute Abend einmal noch

so munter vorzufinden!

H E L E N E: Munter? Nun, das gerade nicht!

Mir schien, es geisterte ein Licht,

das hier nicht hingehört, durchs Haus.

Das weckte und das schreckte mich,

als es durch uns're Räume schlich,

ihm nachzugehen stand ich auf.

M E P H I S T O: Sie haben sicher nur geträumt!

Die Dame hat wohl aufgeräumt…

Die HAUSANGESTELLTE schüttelt den Kopf.

Ich stieß noch an mit Ihrem Mann… -

Er folgt dem Blick der HAUSANGESTELLTEN, die die am Boden liegenden Glasscherben mustert.

… wobei uns dieses Glas zersprang!

Das hat Sie im Traum erschreckt
und vor der Zeit daraus erweckt!

H E L E N E: Nein, nein, nein, ich sah ein Licht.
Glauben Sie mir, ich irre nicht!

M E P H I S T O: Sie sind die Herrin hier vom Haus,
eines vornehm-reich-bequemen;
hier taucht gewiss kein Irrlicht auf!
Um es ganz genau zu nehmen:
Ihr Gatte schien mir recht verwirrt.
Mag sein, dass er noch nächtlich irrt,
er scheint mir immerfort zu suchen.
Er war der Schleicher auf den Fluren!

H E L E N E: Der Schritt war mir ganz unvertraut,
nicht der seine, halb so laut.
Ich seh sofort dort nach dem Rechten,
denn allerorten wohnt Verbrechen!
(Zur Hausangestellten.) Hol'n Sie mir rasch den Valentin,
ich will sie stell'n, noch eh sie flieh'n!

Die HAUSANGESTELLTE eilt davon.

M E P H I S T O: Moment doch, bitte warten Sie!
Sie woll'n doch nicht als Frau... - ich mein':
Sollte da doch, man weiß ja nie,
ganz unerwartet jemand sein,
ob der dann nicht eher kämpft statt flieht?
Und Sie wär'n schutzlos und allein!
Ich biete bergend meinen Arm,
um abzuwehr'n jedwede Harm!

H E L E N E: Ich bitt' Sie dringend: Hör'n Sie auf
mit diesen Gentleman-Allüren!
So nehmen wir ja noch in Kauf,
dass wir der Diebe Spur verlieren.
Folgen Sie mir die Treppe rauf,
und oben teilen wir uns auf,
die Eindringlinge aufzuspüren!

Sie läuft hinauf.

M E P H I S T O: Keine Idee außer der ihren

nimmt sie an, das Frauenzimmer... *Er seufzt.*
So macht sie alles umso schlimmer!

Er folgt ihr schleppend.

H E L E N E S   S T I M M E *(von oben aus einiger Entfernung)*:
Hier sind sie nicht mehr, suchen Sie
die andere Seite eilig ab!

Die Lemuren flüchten sich in den Salon. LEMURIUS bedeutet ihnen, sich an den Türen zu postieren. Kurz darauf geben die Lemuren an der Tür, durch sie eingetreten sind, lautlos eine Warnung. Alle verlassen den Salon eilig durch eine andere Tür. VALENTIN tritt ein.

V A L E N T I N: Mutter? Mutter, bist du hier?

Er kehrt um. MEPHISTO tritt durch eine andere Tür ein.

M E P H I S T O: Die Bengels bringen mich ins Grab!
Dies elend-dürre Klappervolk
wird mir noch den Plan verderben!
Wenn er dir je gelingen soll,
darfst du dir *solch'* Gesell'n nicht werben.
Soll'n sie sich doch ein Fluchtloch graben,
denn im Graben sind sie gut.
Nur dass sie nicht zu Grabe tragen,
was mir jüngst Hoffnung gab - und Mut!
Von oben ertönt ein spitzer Schrei HELENES.
Zu spät! Vorbei! Oh, nein! Was nun?
V A L E N T I N S   S T I M M E *(von oben)*:
Mutter! Mutter! Wo bist du?
Oben ein erschrockener Schrei der HAUSANGESTELLTEN, der in Wimmern und Weinen übergeht, später ein Entsetzenslaut VALENTINS. Anschließend gemeinsames Wehklagen und Weinen der beiden.
M E P H I S T O: Da kommt wohl keine Antwort mehr...
Pause.
V A L E N T I N S   S T I M M E: Vater! Vater! Komm hierher!
Pause.
FAUST erscheint freudig erregt im Türrahmen, spricht mit nur mühsam gezügelter Lautstärke.

F A U S T: Du Teufelskerl! Sie ist dahin!
  Du glaubst ja nicht, wie froh ich bin!
  Ich dachte nicht, dass du so rasch,
  dem reichen Weib den Garaus machst,
  kaum, dass ich ging, die Alte meuchelst...
  Ich muss jetzt rauf da, Trauer heucheln!
  Das Weitere, das klär'n wir morgen:
  Der Pakt, er gilt! Hab keine Sorge!

Faust hebt die Hand zum Gruß und eilt hinauf. Während von oben un-
terschiedliche Laute von Trauer und Schmerz zu vernehmen sind, be-
wegt sich MEPHISTO, durchströmt von widerstreitenden Gefühlen,
unruhig hin und her und geht dann rasch ab.

FÜNFTE SZENE

Drei Wochen später. Die HAUSANGESTELLTE trifft im Essbereich an
einer für die Trauergesellschaft bereits eingedeckten Tafel letzte Vor-
bereitungen. Hinter den Fensterscheiben schneit es. Sie bemerkt nicht,
dass GRETA in den Türrahmen tritt und sie beobachtet.

H A U S A N G E S T E L L T E: Weiße Lilien, weißen Samt,
  richte ich ihr mit lieber Hand.
  Was lebend sie am schönsten fand,
  zum Totenfest sei's nun verwandt.
Sie weint etwas. Dann erblickt sie GRETA.
  Greta, liebes Kind, wie schön!
Sie gehen aufeinander zu und umarmen sich herzlich.
  Welch trauervolles Wiedersehn!
  Wie fürchtete ich, du kämest nicht!
  Nun bist du hier, wie freu ich mich!
G R E T A: Da lagst du nicht so falsch mit deiner Angst!
  Da du mich kennst, erahnst du, welchen Kampf
  ich auszutragen hatte innerlich… -
  bis dann zuletzt mein Hass der Neugier wich!
H A U S A N G E S T E L L T E: Du bist jetzt noch ganz aufgewühlt,
  direkt nach der Beerdigung!
  Aus dir spricht einzig dein Gefühl;

üb' doch ein wenig Mäßigung!

G R E T A: Das verhindere mein Gott,
dass *ich* mich wieder mäßige!
Ich bin hier, um meinen Spott
zu gießen über die gefräßige,
verlogene Familie!
Weißer Samt und weiße Lilie...
Pah! Ich scheiße drauf, ich seh's nicht an!
Genau wie sie es umgekehrt getan!

H A U S A N G E S T E L L T E: Wir soll'n die Toten ruhen lassen!
Was immer wir am Menschen hassen,
es fahre mit ihm in sein Grab.
So wurde mir's als Kind gesagt.

GRETA beginnt zu zittern.

Ach, Gretchen, liebes Kind, komm her!
Es ist ja alles viel zu schwer!

Sie will sie beschützend umarmen, doch GRETA macht sich frei.

G R E T A: Schwer? Oh nein, nicht mehr! *Nie* mehr!
Ihr Tod macht's leicht. Er macht mir klar:
Wo Leid zuvor und Hoffnung war,
da herrscht nun er; er macht mich leer...
Ich hab nicht mehr die Wahl zu treffen,
welchem Impuls zu folgen sei.
Wo ich in Zweifeln festgesessen,
tilgt er sie aus, und ich bin frei.
Wie oft hab ich ein Strafgericht
für ihr Eisherz mir erträumt,
und habe doch ins Angesicht
ihr dies zu schleudern stets versäumt!
Doch Mutter Erde hat sie nun
mit ihrer kalten Hand umfangen,
und so wird sie Gerechtes tun,
da ihr's wie mir ergangen.

H A U S A N G E S T E L L T E: Wie du sprichst! Es tut mir weh!
Obwohl ich dich ja auch versteh'!

Sie hält kurz inne.

Lassen wir's gut sein! - Du bist groß,
sitzt längst nicht mehr auf meinem Schoß,
bewegst dich unter Geistesleuten
auf Brettern, die die Welt bedeuten!

Erzähl' doch mal, kommst du voran?
An welchem Stück seid ihr gerad' dran?
Vom Flur her ist die sich nähernde Trauergesellschaft zu hören.
G R E T A: Das werd' ich dir ein anderes Mal
ganz detailliert erzählen.
Gleich quillen sie in diesen Saal,
um mich erneut zu quälen!

*Die Trauergesellschaft, unter ihr FAUST, VALENTIN und MEPHIS-
TO, strömt in den Saal.*

F A U S T: Kommt nur herein, und nehmt dort Platz,
wo's an der Tafel euch gefällt.
Es rührt mich sehr, wie meinem Schatz
ein jeder hier die Treue hält.
Ich fass es, wir ihr alle, nicht,
dass sie so früh gegangen!
Noch flüchtig ist der Bösewicht,
die hinterhält'ge Schlange,
die meines Lebens Stern und Licht
im Würgegriff umfangen.
Doch ihn ereilt ein Strafgericht,
*da*rum ist mir nicht bange!
Er macht eine einladende Geste.
Nun will ich, dass ihr schmaust und schmatzt,
das Beste ist bereitgestellt.
Der Mitmensch ist doch, oder fast,
das Wichtigste auf dieser Welt.
M A R T H A: Meine Schwester wäre froh,
euch hier in ihrem Haus zu sehn.
Sie liebte die Gesellschaft so!
Ich kann sie da total verstehn:
Ist nicht der Mensch ein Gruppentier?
Ach, ich wünschte, sie wär hier!
V A L E N T I N: Und wir haben noch gestritten,
abends, als ihr Mörder kam.
Schlimmer hab ich nie gelitten!
Mich zerfressen Gram und Scham.
M A R T H A: Ach, nicht doch, Valentin, nicht so!
So wirst du niemals wieder froh!

Ich weiß, sie hat dich… - sie hat *euch* -
auf ihre Art doch sehr geliebt.
Es ändert nichts, wenn du bereust.
Glaub mir, das Mutterherz *vergibt*!

V A L E N T I N: Froh zu werden wäre Frevel,
nach alledem, was hier geschehn!
Im Leid allein, im trübsten Nebel,
will ich für immer stille stehn.

F A U S T: Nun fasst beherzt, ihr Lieben, zu!
Helene schläft in ew'ger Ruh
und braucht nichts mehr. -
Ach, mir wird's schwer!
Doch Brauch ist's, dass die Lebenden
sich stärken für die schwere Zeit
im Angesicht der Ewigkeit!

*Alle bis auf GRETA und MEPHISTO, der abwartet, nehmen Platz und
beginnen zu essen, zu trinken und sich zu unterhalten (unverständli-
ches Stimmengewirr).*

G R E T A *(singt sarkastisch vor sich hin)*: Es bringt der Vater böse
Mär
zur Ablenkung den Elenden!
Der bösen Mär bringt er so viel,
davon ich singen und klagen will!

M E P H I S T O: Oh, wertes Fräulein, darf ich's wagen,
dem Feuer, das uns reizvoll scheint
am Wesen manchen anderen Weibs,
vom grellsten Lodern abzuraten?
Sie sind so jung, und ach, so zart,
die Anmut ganz nach Mutters Art,
drum klingt Ihr Wort gleich doppelt hart
und will sich nicht mit ihr vertragen.

G R E T A: Selten bin ich sprachlos, doch jetzt schon!
Pause.
Die Mutter kaum ins Grab gebracht,
werd' ich von Ihnen angemacht?

M E P H I S T O: Sie missverstehen meinen Ton!

G R E T A: Das glaub ich nicht. Ich höre stets,
was unterschwellig vor sich geht!
Auch meine Nase ist sehr fein:
Sie riechen streng! Ein wenig faul,

scheint ihr Erscheinen mir zu sein.

Er reagiert mit Unbehagen.

Sie schämen sich? Traf ich's genau?

M E P H I S T O: Nicht mehr ein *Fräulein;* Sie sind Frau
bereits - und früh schon welterfahren.
Was gäb ich, könnte ich das auch,
ein wenig von mir selber sagen.
Gefühlt bin ich schon ewig da,
Doch alles, was ich bisher war,
es nützt mir nichts in diesen Tagen.
So muss ich völlig Neues wagen!

G R E T A: Midlife-Crisis, finst'res Tal:
In Ihrem Alter ganz normal!
Das neue Auto bringt's wohl nicht,
und da wollen Sie nun *mich*?!
Das klingt zwar ziemlich nach Klischee;
doch Männer sind so, wie ich seh!

M E P H I S T O: Sie missverstehen mich erneut!

Nach einem Ausweg suchend wendet er sich der Tafel zu.

Ich wäre nun doch sehr erfreut,
Sie zu Tische zu begleiten!
Ich möchte nicht mit Ihnen streiten.

G R E T A *(indem sie sich bei ihm einhakt)*:
Dann sind wir dort gut aufgehoben.
Hier gibt es Streit von langer Hand,
und die ihn führen, sind verwandt.
Unser Duell wird aufgeschoben!

M E P H I S T O *(ihr einen Stuhl hinziehend)*:
Nennen wir's doch ein *Duett!*

G R E T A *(sich setzend, zu VALENTIN)*:
Bruder, gib mir mal das Brett,
ich will jetzt totes Schweinemett!

M E P H I S T O *(zu MARTHA)*: Ist der Platz hier wohl noch frei?

M A R T H A: Wünschen Sie, dass er es sei?

V A L E N T I N: Pietätlos, kein Respekt!
Wenn *ich* ihn nicht vorm Tode hätt',
meine Ehre wär befleckt.

G R E T A: Das, Herr Soldat, ist wohl korrekt:
Wenn *ihr* euch umbringt, tut ihr's mit Ehr',
und glaubt, es stört dann keinen mehr!

M E P H I S T O *(zu MARTHA)*: Nun, mir ist's nicht einerlei;
doch gerne ließ ich mich dabei
allein von Ihrem Willen lenken!

V A L E N T I N *(mit unterdrücktem Zorn)*:
Willst du nun bitte wohl bedenken,
vom Töten und vom Tod zu sprechen,
das ziemt sich nicht an dieser Tafel!

G R E T A: Ach, hör doch auf mit dem Geschwafel!
Wie lange *noch* willst du dich rächen
und uns belehren mit Moral?
Du kleiner Heuchler *kannst* mich mal!

Sie macht eine obszöne Geste.

M A R T H A: Greta, hör jetzt auf, es reicht!

GRETA und VALENTIN wenden sich von einander ab.

M E P H I S T O: Aus meiner Sicht kann es jetzt leicht
ein wenig eskalieren.
Sie hat viel Lust dazu, wie's scheint,
ihre Umwelt zu genieren.

M A R T H A: Greta ist wie ein Vulkan!
Ihr wurde hier sehr weh getan...
Einsam ist sie, tief im Herzen;
ihr Schmerz treibt sie zu derben Scherzen.

M E P H I S T O: Familiendinge sicherlich
bringen euch - äh, uns - zum Gären.
Wäre das *nicht* so, frag´ ich mich,
was würd' wohl uns *dann* was lehren?

M A R T H A: Nun, ich hab den Trubel nicht!
Ich kann hier entspannt verkehren.
Ansonsten leb ich nur für mich
und kann mich darum nicht beschweren.

M E P H I S T O: Hat Ihnen auch des Todes Hand
den Gatten fortgerissen?
Oder gab's gar keinen Mann,
den Sie nun missen müssen?

M A R T H A: Das geht Sie eigentlich nichts an,
und doch soll'n Sie es wissen:
Mein Mann war vieler Hennen Hahn... -
Er hat mich hübsch beschissen!

M E P H I S T O: Und hat das Geld auch durchgebracht?

M A R T H A: Huren und Spiel in jeder Nacht!

M E P H I S T O: Schätzt er denn niemals *Ihre* Gaben?

M A R T H A: Geht nicht mehr. Er liegt begraben
im Armengrab in Padua.

M E P H I S T O: So hat der Tod ihn dort gezähmt.

Kurze Pause.

Waren Sie im Urlaub da?

M A R T H A: Urlaub? Nein. Ich sag's beschämt:
Finanziell war'n wir... - gelähmt!

G R E T A: Nun ist nichts mehr, wie's früher war!
Tantchen, mach dich nicht so klein:
Bald wirst du hier die Reichste sein!
Denn überreich wirst du beschenkt
aus Mamas neuem Testament!

FAUST unterbricht sein Gespräch und schaut erstmals herüber.

V A L E N T I N: Das irre Gretchen fantasiert!

G R E T A: Höchste Zeit, dass du's kapierst:
Die Faust-Familie ist blamiert.
Wir alle Drei: Von ihr enterbt!

M E P H I S T O *(für sich)*: Geschieht euch recht, ihr seid verderbt!

V A L E N T I N: Ich korrigier': Sie *deliriert*!

M A R T H A: Ich allein? Du irrst dich doch!?

G R E T A: Wart ab, das Beste kommt erst noch!

V A L E N T I N: Ich glaube nicht, dass...

F A U S T: Schluss damit!
Bedenkt, an welchem Tisch ihr sitzt!
Der armen Mutter Trauerfeier
so scham- und ehrlos zu entweihen!
Es ist doch stets dieselbe Leier
mit euch ungezogenen Zweien!

V A L E N T I N: *Wenn* hier einer Mutter ehrt... -

G R E T A: Dann, du, der brave Kamerad,
schon klar! Ich dagegen bin verkehrt!
Hab mein Gefühl mir aufgespart
für einen Menschen, der's verdient!
Und nicht, weil sich's als *Kind* so ziemt.

F A U S T: Greta, Schluss jetzt! Niemand zwingt dich
hier zu sein; du kannst auch gehn!
Valentin, dich bitte ich,
im Arbeitszimmer nachzusehn:
Vom Schreibtisch meine Ledermappe,

bring mir die!

VALENTIN *(aufspringend, sarkastisch)*: Eil', dummer Knappe,
du hörst die Worte deines Herrn!

FAUST: Wir haben hier was aufzuklär'n!

Valentin ab.

FAUST *(zu MARTHA)*: Jetzt hilf mir bitte zu verstehn:
Wann habt ihr euch zuletzt gesehn,
Helene und du?

MARTHA: Bei Gretas Kommunion.

FAUST: In der Kirche, ja… - Das schon.
Doch warum kamst du nicht hierher,
zur Feier, in dein Elternhaus?
Na? - Die Antwort fällt dir schwer?
Hör'n wir sie aus *deinem* Mund?
Nein? Dann nenne *ich* den Grund:
Zwischen euch Schwestern war es aus!
Ja, seht her! Jetzt ist es raus!
Eiszeit war, und Feindschaft bis auf's Blut!
Helene tat das gar nicht gut;
doch gab es kein Zurück für sie!
Und jetzt, nun sag mir bitte, wie
kann es dann wohl gekommen sein,
dass *du* nun erbst, nur *du* allein?

MARTHA: Wie gesagt, ich weiß von nichts!
Und das, wovon du sonst noch sprichst,
ist heillos übertrieben.
Es war allein zu eurem Schutz:
Darum bin ich fortgeblieben!

FAUST: Zu unserm Schutz? Ich bin verdutzt!

MARTHA: Mein Mann hat unser Haus beschmutzt
mit Schulden, Lügen; leider auch
zwielichtigen Geschäften.
Was er nicht hatte, gab er aus,
und das tat er nach Kräften!
Typen wie der Fette Klaus
befahlen ihren Männern, sich
an seine Spur zu heften.
Sie *hierher* führen wollt' ich nicht,

48

sie nicht auf euren Reichtum stoßen!

So hab ich ganz allein für mich

Isolation für uns beschlossen.

Sorge trieb mich um, nicht Gram!

Und, soweit's mich betraf, auch Scham.

F A U S T: So was hab ich lange nicht gehört!

Welch' fantastische Geschichte!

Da bist du ganz wie deine Nichte:

Alles verdreht ihr und verkehrt's!

G R E T A: Das Testament sagt's Schwarz auf Weiß;

da kann man nichts verkehren!

F A U S T: Ach, hör doch auf mit diesem Sch...!

Er wendet sich ab von GRETA und MARTHA und spricht zu den Übrigen.

Wollt ihr jetzt die Wahrheit hören?

Er trinkt.

Damals... - Kurz nachdem... - *(Er stockt und trinkt.)* Nun, es war so:

Ihr alle wisst... - *(Trinkt rasch.)* - Euphorio,

unser lieber erster Sohn,

starb, leider, mit zwei Jahren schon.

Ich war bei ihm. Kurz war ich fort;

als ich zurückkam, war er tot.

Helene klagte mich nicht an.

Mit *Worten* nicht... - Niemals.

Doch all das warf uns aus der Bahn,

und jeder Tag wurde zur Qual!

Er trinkt aus und füllt das Glas erneut.

Meine Schwägerin, noch unvermählt,

versuchte uns zu unterstützen.

Ich hab ihr all mein Leid erzählt,

wir sah'n, wie sich Helene quält,

und konnten trotzdem sie nicht schützen!

So verfloss das erste Jahr... -

Martha *wohnte* nun bei uns,

mehr und mehr war'n wir uns nah,

und schließlich wurden wir ein Paar:

Unglücklich und ungesund!

Helene lebte im Kokon,

sie war durch gar nichts zu erreichen.

So nahm sie kaum Notiz davon,
gewusst hat sie's ganz sicher schon,
doch gab sie weder Wink noch Zeichen!
Als sie dann aus der Klinik kam,
brach es mit Macht aus ihr hervor:
Trauer, Panik, Zorn und Gram,
Eifersucht, Verletzung, Scham,
schrien aus ihr in grellstem Chor!
Und *schreiend* warf sie uns hinaus!
Die Schwestern war'n seither geschieden;
am nächsten Tag war's mit *uns* aus... -
Er macht eine Kopfbewegung in Richtung Martha.
Nach Jahresfrist kam ich nach Haus,
und bin fortan stets hier geblieben.
Jetzt wisst ihr, wie es wirklich war,
was vor gut zwanzig Jahr'n geschah.
Ich bin gespannt, was ihr nun meint,
ist es Lüge, ist es wahr:
Nach all dem Hass und all der Pein
soll *Martha* jetzt die Erbin sein?
G R E T A: Tantchen, wow, das hat Gesicht!
In diesem Haus, vor Mamas Augen,
hast du mit Papa rumgefickt?
Respekt! Ich kann's kaum glauben!
F A U S T: So, es reicht, du gehst jetzt! Raus!
Verlasse sofort dieses Haus!
M A R T H A: Johann... -

Valentin platzt erregt herein, hält mit einer Hand das Testament hoch und in
der anderen die Ledermappe.

V A L E N T I N: Seht euch alle das hier an!
Unverkennbar Mutters Schrift,
geschrieben mit dem Lieblingsstift!
F A U S T: Was *ist* das? Und wo kommt das her?
V A L E N T I N: Deine Mappe hier war leer,
obenauf lag dies Papier.
(Vorlesend.) „Testament." Es ist von ihr!
(Es überfliegend.) „... als Erbin... meine Schwester Martha."

50

Hier, sieh selbst, da steht es, Vater!
FAUST liest es.
F A U S T: Das ist nicht deiner Mutter Testament!
  Ich hab ein anderes gefunden,
  mit weißem Samtband war's gebunden,
  im Umschlag und mit Ornament.
  Das da jedenfalls ist fremd
  und sicher nicht von ihrer Hand!
V A L E N T I N: Dann muss ja jemand... - Greta, *du*!
  Vorhin hast du's angekündigt!
G R E T A: Schieb es mir ruhig in die Schuh',
  ich bin ja immer die, die sündigt!
 Sie steht auf, schaut nach und nach in die Runde und lächelt.
  Dann macht's mal gut, ihr Selbstbetrüger!
  Tantchen, komm, wir müssen gehn!
  Ich hoff' für euch, ihr werdet klüger.
  (Zu Mephisto.) Auf bald, wenn wir uns wiedersehn!
GRETA und die konsternierte MARTHA verlassen die Tafel.
F A U S T: Greta, so geht's nicht, bleib hier!

Sie dreht sich noch einmal um, lächelt erneut, und geht dann mit MARTHA durch die Tür.

M E P H I S T O: Auf bald, wenn wir uns wiedersehen...
V A L E N T I N: Sie kann doch jetzt nicht einfach gehen!
F A U S T: So ist sie: Immer läuft sie fort!
  Du sagst, die Mappe fandst du leer?
  Das Original war nicht am Ort?
  Hier ist ein Betrug geschehen,
  die Ursprungsfassung gibt's nicht mehr!
Er trinkt und denkt kurz nach.
  Ich bedauere, ihr Lieben,
  wie das alles heute lief!
  Sehr gern wär ich noch geblieben;
  doch bleibe ich, geht noch mehr schief.
  Bedient euch gern, der Tisch ist euer,
  es ist noch viel von allem da.
  Helenes Herz würd' es erfreuen,
  Gäste liebend, wie sie war!
  Valentin, ich brauche dich,

bitte komm mit mir hinaus,
und wenn ihr geht, so bitte ich,
nehmt euch das Essen mit nach Haus!

FAUST mit VALENTIN ab. Die Übrigen, außer MEPHISTO, verlassen
in ratlosen Zwiegesprächen den Raum.

MEPHISTO: Was hat sie nur in mir entfacht,
  als sie vom Wiedersehen sprach!
  Dieses Gefühl in meiner Brust,
  so voller Schmerzen, voller Lust,
  ist das ein Vorgeschmack der Liebe?
  Ach, dann ist sie schrecklich schön!

  Wenn ich aber Teufel bliebe,
  erlebt' ich dann in vollster Prägung
  tiefster Gefühle höchste Regung?
  Nein, das könnte nie geschehn!
  Nur dem Menschen ist's vergönnt!
  Durch Faust kann ich zum Menschen werden... -

  Aber dafür muss *er* erben!
  Was ihn dabei jedoch hemmt
  ist dieses neue Testament!
  Die Sache ist jetzt recht vertrackt:
  Sie ist zwar tot, wie abgemacht,
  doch hab nicht *ich* sie umgebracht!

  Hält er nun fest an unserm Pakt?
  Ruhig jetzt, ich glaub' man kömmt!

FAUST kommt rasch, sich umsehend, herein.

FAUST: Schnell, Mephisto, hinterher!
  Noch stehen sie an Gretas Wagen.
  Halt' sie auf mit ein paar Fragen,
  mach ein Date aus, steig mit ein:
  Du musst mein V-Mann, mein Spion,
  bei Greta und bei Martha sein!
  Mit mir reden sie nicht mehr,

mit dir als Fremdem, denk ich, schon!
Er zieht Mephisto von Stuhl und schiebt ihn zur Tür.
  Los jetzt! Wenn du meine Hilfe willst,
  hilf *mir*! Bring mir schnellstens den Beweis,
  dass meine Tochter mich bescheißt!
  Fahr mit ihr mit, sei nett zu ihr:
  Denn wenn du ihr Bedürfnis stillst,
  gemocht zu werden, wie sie ist,
  wird sie sich öffnen wie ein Buch.
  Nutz' jede böse Teufelslist,
  bis sie dir sagt, wonach ich such!
  Und wenn du's weißt, komm her zu mir!
  Wofür ich hier in Haft gesessen,
  fällt nicht an Kinder, noch Mätressen!

*Beide ab. Die HAUSANGESTELLTE kommt herein und beginnt abzu-
räumen.*

HAUSANGESTELLTE: Wohin jetzt nur mit all dem Essen?
  Trotz ordentlicher Gästezahl:
  Nicht mal zur Hälfte aufgegessen!
  Ein traurig kurzes Trauermahl!

HAUSANGESTELLTE ab. Vorhang.

ZWEITER AKT

ERSTE SZENE

MARTHAS Schrebergarten. Eine von Efeu berankte Laube, davor ein Tisch mit Stühlen, Blumenkästen mit Stiefmütterchen an den Fenstern. Im frühlingsgrünen Rasen vereinzelt Osterglocken und Krokusse. Osterdekoration und einige Gartengerätschaften. MARTHA pflanzt in einem Beet Blumen. GRETA und MEPHISTO bewegen sich im Garten. Später LEMURIUS.

M A R T H A: Wie alles duftet, blüht und wächst!
   Seht her, wer hier sein Köpfchen reckt:
   Du hast dich wohl vor mir versteckt?
   Wird Zeit, dass du die Welt entdeckst!
M E P H I S T O: Ja, herrlich ist's, ich fühle mich
   als neuer Mensch; es rühren sich
   strotzend die Kräfte der Natur:
   Sowohl in mir, als auf der Flur!
G R E T A: Wie poetisch! Mach nur weiter:
   Wenn du noch gehörig übst,
   stimmst du als Dichter wieder heiter,
   die wir vom Winter sind getrübt...
M E P H I S T O: Wenn du mit deinem süßen Spott
   mich anspornst, muss es ja gelingen!
   Ich werde dir und Tantchen flott,
   ein munt'res Frühlingsständchen singen!
G R E T A: Nein, nein, nur das nicht wieder!
   Schone uns're Ohr'n! Und deine Stimme!
   Am Ende sind's frivole Lieder,
   wie beim letzten Mal, so schlimme!
Sie lacht.
M A R T H A: Da haben wir doch schön gesungen...
G R E T A: Wir hatten auch viel Wein getrunken!
M E P H I S T O: Wir war'n so losgelöst versunken!
   In mir ist's lange nachgeklungen...
M A R T H A: Ach, seht, da ist die Nachbarin!

Ich bring ihr ein paar Pflanzen hin.

Sie geht mit den Pflanzen in den Garten der Nachbarin, wo man in der Folge beide sich unterhalten sieht.

M E P H I S T O: Wollen wir uns setzen? Willst du Tee?

G R E T A: Nein, lass uns noch ein wenig gehn!

M E P H I S T O: Greta, alles ist für mich so neu… -

G R E T A: Stopp! Und warte, bleib mal stehn!

  Schau, siehst du es, da hinten?

  Neugierig guckt's - und ist doch scheu.

  Pass auf, sonst wird's verschwinden!

  Ach schade, schau: Jetzt ist es weg!

  Hat hoch sich im Geäst versteckt.

M E P H I S T O: Das ist sein sicheres Revier!

Pause.

  Greta, bitte sage mir:

  Hast du darüber nachgedacht?

  Ich konnt' nicht schlafen in der Nacht

  und fragte mich an jedem Tag,

  ob ich dich wohl noch einmal frag.

G R E T A: Was meinst du denn?

M E P H I S T O: Das weißt du doch!

G R E T A: Nicht ganz genau…

M E P H I S T O: Du schöne Frau!

G R E T A: Das sollst du doch nicht sagen…

M E P H I S T O: Ich möcht' noch mehr zu sagen wagen!

G R E T A: Es ist doch schön so, wie es ist!

M E P H I S T O: Schön? Mehr als das! Und doch auch nicht:

  Die Schönste zwingt mich zum Verzicht!

MARTHA winkt herüber und geht mit der Nachbarin in deren Laube.

G R E T A: Schau, sie gehen in das Haus.

M E P H I S T O: Bitte weiche mir nicht aus!

G R E T A: Das tu ich nicht. Siehst du mich weichen?

M E P H I S T O: Dann gib mir bitte doch ein Zeichen,

  wie ich mich verhalten darf!

G R E T A: Das, dacht' ich, hätt' ich schon gesagt.

M E P H I S T O: Ich soll es weiter unterdrücken?

  Ist das wirklich, was du meinst?

  Ich sag's dir jetzt aus freien Stücken:

  Ohne dich kann ich nicht sein!

  Seit Wochen sehen wir uns hier,

und du bist mir so tief vertraut,
als wärst du immer schon bei mir:
Dein Mund, dein Haar, die hohen Wangen!
Von deiner milchig-weichen Haut
hält reinster Duft den Sinn umfangen!
Deine Augen! Und wie du auch
dich über Andere lustig machst,
und dann so herzerfrischend lachst!
Mir ist im Herzen grässlich bange,
dein holdes Wesen zu beschämen.
Die Spur im Gras, wo du gegangen:
Von Tau benetzt mit meinen Tränen!
Nie hab ich das Gefühl erlebt,
dass freudvoll man im Leid vergeht,
und wo die Liebste geht und steht,
ihr nah zu sein, sonst nichts, erfleht!
Alles dreht sich nur um dich:
Greta, dich, nur dich will ich!
Nun sag mir, bitte, hast du nicht,
ein bisschen Sympathie für mich?
Auf Liebe wag ich nicht zu hoffen...
Doch *mich* hat sie mit Macht getroffen!
G R E T A: Ach, sprich nicht so, es macht mich traurig!
Es fällt mir schwer, es zu erklär'n... -
Ich hab dich wirklich richtig gern,
die letzten Wochen waren schön!
In Mutters Haus zuvor war's schaurig,
doch hier begann mir's gut zu gehn.
Und das hat auch mit *dir* zu tun:
Sonst konnt' ich nie mit Männern sein
und dabei in mir selber ruh'n.
Und doch: Ganz ruhig bin ich nicht!
Auch ich kann nachts nicht schlafen:
Aus wirren Träumen wach ich auf,
es treibt mich aus dem Bett hinaus,
verzweifelt laufe ich durchs Haus,
Gedanken quälen mich zuhauf:
Als wolle mich was strafen!
M E P I S T O: Was soll das sein?
G R E T A: Das ist es ja!

56

Ich krieg es einfach nicht zu fassen!

Mit einem Teil, da mag ich dich;

doch etwas *ist* in dir... - Da!

Sie berührt mit der Hand seine Brust.

Das hält mich ab, es zuzulassen!

M E P H I S T O *(ihre Hand ergreifend)*: Mit einem Teil, da magst du
mich?

G R E T A: Ja, natürlich, merkst du's nicht?

Doch *unnatürlich* fühlt es sich

und sehr bedrohlich für mich an!

Sie entzieht ihre Hand.

M E P H I S T O: Das Weib fürchtet doch stets den Mann!

G R E T A: Nein, nein, es muss was And'res sein,

das dort in dir verborgen scheint!

In mir selbst steigt lang Vergrabenes,

wachgerufen, aus der Tiefe:

Heilige Taufe, Kommunion,

wie verschüttet war'n sie schon!

Doch mir scheint, dass mich was riefe,

neu erstarkend, als erhabene,

errettende „Erlösungskraft".

Das allein hast *du* geschafft!

Sie lacht verunsichert.

Meinen Glauben hatte ich vergessen.

Die Welt war Kunst; und ich war frei!

Was braucht' ich Religion dabei?

Doch wie ein Kind will sie mich mahnen

und dringend vor dem Bösen warnen!

Kritisch belächelt es mein Geist

als Kinder-Kasperle-Geschrei...

Und doch drängt's mich: *Hau ab! (Im Flüsterton.)* Der ist *besessen*!

Das klingt naiv jetzt, sicherlich?

Ich hoffe, es verletzt dich nicht!

M E P H I S T O *(sich zum Humor zwingend)*:

Ich höre das zwar gar nicht gern;

doch ist es ja des Pudels Kern!

Ist da noch mehr, das dich zerreißt,

von dem du willst, dass ich es weiß?

G R E T A: Noch mehr? Zu viel ist es schon jetzt!

Des Pudels Kern? So *traf* ich es?

Was spüre ich denn da in dir?
Ich muss es wissen, sag es mir!

MEPHISTO: Ach! Leider läuft's im Weltall oft
ein wenig anders als erhofft...
Vielleicht gibt es den großen Plan,
doch auf den Einzelnen kommt's an!
Mir wurd' nach einem Unglücks-Fall
der Part des Schuldigen zuteil.
Unendlich lange scheint das her,
geprägt hat es mich all zu sehr!
Die Last ist wörtlich *höllisch* schwer,
und ich ertrage sie nicht mehr!
Mich zu befreien ist mein Ziel.
Bin schon dabei, es fehlt nicht viel...
Und seit ich *dich* kenn', meine Liebe,
erscheint, was noch zu tun verbliebe,
mir leichter möglich als gedacht.
Das allein hast *du* vollbracht!

Er lacht.
Ein wenig Zeit noch, etwas Geld,
und bestens ist's um mich bestellt!

GRETA: „*Höllisch* schwer", das macht was her...

Sie lacht mit Vorsicht.
Als ob du gar ein Mythos wärst,
wie Sisyphos mit seinem Stein.

MEPHISTO: Mit *dem* hab ich nun nichts gemein!

GRETA: Du stehst real vor mir, nicht als Idee,
aus Fleisch und Blut, soweit ich seh!

Sie ergreift seine Hand.
Doch scheint dein Blut sehr kalt zu sein...

MEPHISTO: Die Jahreszeit ist schuld allein!
Drum fragte ich vorhin nach Tee.

GRETA: Der kommt sogleich! Erst sag mir noch... -
Nein, das geht nicht...

MEPHISTO: - Sag es doch!

GRETA: Nein, schon gut!

MEPHISTO: Ich bitte dich!

GRETA: Es ist nicht gerade leicht für mich...

MEPHISTO: Direkt heraus, denk gar nicht nach!

GRETA: Ich hab's sogar schon mal gesagt,

doch da kannten wir uns nicht. -

Kurze Pause.

Ach, ich sollt' es lieber lassen...

Er macht eine ungeduldige Gebärde.

G R E T A: Ich hoff', du wirst mich jetzt nicht hassen!

Er verdreht die Augen.

G R E T A: Ähm, nun ja... - Was soll's! - Du riechst sehr streng.

Kurze Pause. MEPHISTO wirkt getroffen.

Bist du krank? Ist das vielleicht der Grund
der Last, die schwer dein Herz bedrängt?
Ist das des Pudels Kern gewesen?
Wie kriegen wir dich rasch gesund?
Braucht's Zeit, braucht's Geld, um zu genesen?

M E P H I S T O: Wenn du mich nicht *riechen* kannst,
wie Volksmund treffend es genannt,
dann gibt es keine Perspektive
und keine Chance für uns're Liebe.

Es entsteht eine längere Pause.

G R E T A: Du sagtest eben, mit mehr Zeit
und bei besseren Finanzen
bestünden – richtig? - gute Chancen,
dein Problem bald loszuwerden?

M E P H I S T O: *Einen* gibt es auf der Erden,
der es lösen kann. Und *der* braucht Geld!

G R E T A: Nun, Geld ist's nicht allein, was zählt!

M E P H I S T O: In dem Fall schon. Er sollte erben;
er denkt, er hätte erben sollen.
Doch scheint ihn jemand, der ihn quält,
um dieses Erbe prell'n zu wollen.

G R E T A: Moment... - Sprichst du von meinem Vater?

M E P H I S T O: Zielsicher hast du es erraten!

G R E T A: *Der* soll dich retten? Der?! Vergiss es!
Der kann nur eins: Sich stets verpissen!
Nicht mal sein Pflichtteil kriegt der Arsch,
das wär ja wohl die größte Farce:
Er wollte Mama an den Kragen!
Darum wird er nun gar nichts haben!
Wie kamt ihr Zwei denn in Kontakt?

M E P H I S T O: Wir? Wir haben einen Pakt,
äh, *Vertrag*, mein ich, geschäftlich. -

Doch das ist eher nebensächlich.
Verstehe ich die Lage recht:
Das Testament ist also echt?

G R E T A: Natürlich. Es ist Mutters Schrift.

M E P H I S T O: Eine Schrift lässt sich studieren,
um sie... -

G R E T A: ... dann zu imitieren:
Ist es das, was du gerad´ meinst?

Längere Pause. MEPHISTO schaut verlegen beiseite, zupft an einer Pflanze.

Ach, jetzt verstehe ich es auch,
warum du so verliebt erscheinst!
Du willst bei uns hier spionieren,
indem du mein Gefühl erweichst!
Das ist der Grund, warum mein Bauch
mich vor dir warnt, du blöder Sack!
Hau ab! - Denn wenn ich eins nicht brauch,
ist es verlogenes Männerpack!

M E P H I S T O: Gretchen, nein! Wie völlig falsch!
So ist es nicht! Oder nicht mehr...
Ich geb es zu, ich kam hierher,
weil... - nun... - ach, es ist egal!
Denn, wenn daran was böse war,
löste sich's auf beim ersten Mal,
als ich in dir das Gute sah!
Greta, ich liebe und ich brauche dich! -
Ich hab zuvor noch nie geliebt:
Unendlich lange war ich kalt,
weshalb ich mich ans Feuer hielt.
Wenn Seelen, die sich an mich banden,
in Ewigkeit in Flammen standen,
so fühlte ich *Lust* vielleicht, sonst nichts!
So blieb ich stets allein - und bin nun alt.
Entweder *du* wirst jetzt mein Halt,
das erste und das letzte Ziel
spät geborenen Gefühls... -
oder ich erfrier' allein.
Wenn es noch Erfüllung gibt,
dann kannst nur *du* sie für mich sein!

G R E T A: Erpresst du mich auch noch? Na, toll!

Das wird's bestimmt zum Guten wenden!
Ich weiß nicht, was ich glauben soll.
Am besten ist's, wenn wir's beenden.
M E P H I S T O: Es fing doch gar nicht richtig an!
Ich weiß, dass ich mich ändern kann!
Ich kann so werden, wie du willst,
so recht nach deinem Menschenbild!
Deine Zweifel werden schwinden,
wenn wir uns nur erst verbinden!
G R E T A: Ich glaube nicht, dass… -

*Sie bricht ab, da LEMURIUS auf einem Fahrrad temporeich herange-
fahren kommt und geräuschvoll vor dem Garten bremst.*

G R E T A *(für sich)*: Der schon wieder, Störenfried!
L E M U R I U S: Hallo Meister! Hallo Greta.
Sorry, ich bin etwas später,
denn unterwegs ist was passiert,
das hat mich ziemlich irritiert:
Direkt vor deinem Elternhaus
da stand dein Vater, Johann Faust,
alleine vor dem Hauptportal.
Ich schau hinüber, denke noch:
Was steht der da allein, der Mann?
Da ist er fort mit einem Mal,
viel schneller, als ich schauen kann.
Bewegt hat er sich aber nicht;
ich wüsst' nicht wie, wenn doch.
Da, wo er stand, war plötzlich Licht,
nur von ihm selbst war nichts in Sicht.
So stand ich dort, war fasziniert,
dass er so *dematerialisiert*! -
Ach ja, hier hab ich Erdbeerkuchen.
Wollen wir ein Stück versuchen?
M A R T H A *(zurückkommend)*:
Ach, Herr Lemurius, wie schön,
dass wir uns heut' schon wiedersehn!
Mmmh, Erdbeerkuchen, lecker!
Selbstgemacht oder vom Bäcker?
L E M U R I U S: Eine Eigenkreation,

Erdbeern aus Spanien gibt's ja schon!

M A R T H A *(zu Greta)*: Komm, wir holen Teller, Tassen.

Beide gehen in die Laube.

M E P H I S T O: Du musst's in kurze Worte fassen:
Hat er die Formel angewandt,
als er dort vor dem Tor verschwand?

L E M U R I U S: War es Täuschung, war es echt?
Für mich sah es nach Letzterem aus.
Besucht ihn bald in seinem Haus,
erfahrt es, wenn Ihr mit ihm sprecht!

G R E T A *(zurückkommend)*: Wollt ihr Tee oder Kaffee?

M E P H I S T O: Entschuldige, dass ich schon geh!
Es ruft die Pflicht, ich muss gleich fort.

GRETA sieht ihn wortlos an.

Ich melde mich, sobald ich kann.
Lasst es euch schmecken! Also, dann!

Er zögert kurz, dann rasch ab.

L E M U R I U S: Der Garten ist ein schöner Ort:
Wohin ich seh, wohin ich geh,
wo alles sprießt und wächst und blüht!
Für meinen Teil will ich Kaffee,
der duftreich durch die Luft hier zieht…

ZWEITE SZENE

Kellerraum in der Villa der Familie Faust. FAUST vor einem Stand-
spiegel. Bald darauf die HAUSANGESTELLTE, danach MEPHISTO.

F A U S T: Was ist denn jetzt? Geht es nicht mehr?
Vorhin hat es doch funktioniert!
Ich muss das unbedingt erproben!

H A U S A N G E S T E L L T E: Herr von Uriano wartet oben;
es sei dringend, sagte er.

F A U S T: Herein mit ihm, wenn's ihm pressiert!

HAUSANGESTELLTE ab. FAUST probiert weiter erfolglos, sich unsichtbar zu machen. MEPHISTO klopft an die offene Tür.

F A U S T: Da bist du ja! Was ist passiert?
  Du wirkst auf mich sehr deprimiert...
  Hat meine Tochter dich geschafft?
  Was hast du Neues mitgebracht?
M E P H I S T O: Sie sagt, das Testament sei echt.
F A U S T: Ich glaube wohl, ich hör nicht recht!
  Was soll sie denn auch sonst dir sagen?
  Denkst du, sie wird sich selbst anklagen?
  Wozu hab ich dich hingeschickt?
  Du solltest mir *Beweise* bringen!
  Die Sache geht jetzt vor Gericht,
  und Martha will mich niederringen.
M E P H I S T O: Beweise hab ich leider nicht...
F A U S T: Dann strenge dich als Teufel an!
  Bist du auch eng an Greta dran?
  Hast du dein Liebchen schon gefickt?
M E P H I S T O: Es bot sich mir noch keine Chance,
  für dieses allerhöchste Glück.
F A U S T: Wie könnten deine Chancen steigen?
M E P H I S T O: Meine zärtlichen Avancen
  fruchteten bisher nur halb.
  Zu einem Teil mag sie mich leiden,
  doch bin ich ihr verdächtig kalt.
  Sie riecht mir gar den Teufel an!
  So komme ich an sie nicht ran.
  Mach mich noch heut' zum Menschenmann,
  und morgen halt ich sie im Arm!
F A U S T: Das kann ich nicht, das weißt du doch!
  Das Geld dafür fehlt immer noch.
M E P H I S T O: Das stimmt nun meines Wissens nicht:
  Wer wandelt sich in helles Licht?
  Wer wird urplötzlich unsichtbar?
  Wer steht vorm Tor, und - schnipp! - ist nicht mehr da?
  Du hast den höchsten Rang erreicht:
  Du verformst Naturgesetze!
  Du brauchst kein Geld, denn alle Schätze
  sind *nichts* vor deiner Über-Macht.

FAUST: Wenn das wirklich schon so wär,
dann bräuchte ich auch *dich* nicht mehr.
Hast du das schon mit bedacht?
MEPHISTO: Wir beide haben einen Pakt!
Deine Frau ist abgeschieden,
mein Vertragsteil ist erfüllt.
Jetzt ist's an dir: Stell mich zufrieden,
mach, dass sich meine Sehnsucht stillt,
mach, dass ich lieben kann und sterben,
und glücklich bin, geliebt zu werden!
FAUST: Denk nur an den Homunkulus,
den meines Ahnherrn Assi schuf,
der klein im Glase hausen musst',
hermetisch-künstlicher Versuch!
MEPHISTO: Ich war dabei; was sagst du das?
Fürwahr, der Wagner wagte was!
FAUST: Willst du auch als Männlein enden,
das *leuchten* zwar, doch nicht mit Händen
die Welt, das Weib, begreifen kann,
um dich des Meeresgottes Lenden
zuzuwenden, wo Homunkulus zersprang?
Denn mehr als solch' ein Abenteuer
entstünde sicher nicht, wenn ich
ohne das nöt'ge Fundament,
weil *du* so übereilt mich drängst,
schon jetzt versuchen würde dich
neu zu erschaffen. Nicht ein *Mensch*
käme heraus, ein neuer -
sondern ein neues *Ungeheuer*!
MEPHISTO: Du übertreibst die Konsequenzen
und untertreibst die Kompetenzen.
Ich merk' sehr wohl, dass du verbirgst,
was du in Wahrheit schon bewirkst.
Da bin ich Teufel noch genug:
Ich *erkenne* den Betrug!
Nun, lassen wir's dabei bewenden.
Pacta sunt servanda, Doktor Faust!
Führe es noch heute aus,
denn es ist Zeit, es zu vollenden!
Pause.

FAUST: Nun, da du, Herr, so uneinsichtig
  es hart von deinem Knecht erzwingst:
  Wenn du dich selbst ins Unglück bringst,
  bin *ich* nicht Schuld, versteh' das richtig!
  Doch heute geht's nicht! Komme morgen
  am Abend gegen elf zu mir:
  Dann mache ich, trotz tiefster Sorge,
  das Best-Höchst-Mögliche aus dir!

DRITTE SZENE

Am nächsten Abend. VALENTIN in seinem Zimmer. Alles sehr geord-
net. Auf einem Tisch ein Foto HELENES, zu dem er spricht.

VALENTIN: Nun bist du tot seit sieben Wochen;
  mein einziger Halt warst *du*!
  Jetzt liegst du da in ew'ger Ruh;
  bald Haut nur noch und Knochen.
  Seit sieben Wochen bist du tot;
  mit *dir* verstarb des Hauses Seele.
  Wie ich seitdem mich täglich quäle:
  Ich ahne, dass uns Unheil droht!
  Seit du, Mama, verstorben bist,
  plant Vater noch Verdorb'neres,
  das spür ich. Doch ich weiß nicht, was!
  Gestern war von Uriano da,
  wie der schon aussieht: Leichenblass;
  und so vermodert stinkt der auch!
  Die beiden sind ein Teufelspaar!
  Verflucht bist du, Familie Faust!
Er geht auf und ab.
  Etwas Böses tut sich hier…
  Bedrohlich rumort es unter mir:
  Es klappert, rasselt, stampft und klopft,
  seit Stunden schon sprengt's mir den Kopf!
  Was ist das für ein Schnaufen jetzt,
  ein Winseln, nun ein schrilles Heulen?
  Hat sich da unten wer verletzt?

Muss ich ihm zur Hilfe eilen?
Muss ich das Elternhaus beschützen?
Ich will dies alte Schwert benützen!
Er ergreift ein an der Wand hängendes Samurai-Schwert.
Herr! Welch' unsägliches Gestöhne,
als wenn man dort der Folter fröne,
dringt hoch aus diesem Marter-Keller?
Der Hammer stampft, das Rad dreht schneller,
es wackelt und erbebt das Haus.
Die Lampen fallen flackernd aus,
ein Riss zerfurcht die dunklen Wände,
und meine zittrig-feuchten Hände,
sie werden heiß! Es ist, als krieche
ein Feuer an mir hoch... - ich rieche
verbranntes Haar, verbranntes Fleisch!
Höhnisch-schrillstes Höllengekreisch!
Herrgott! Was ist das? Steh mir bei!
Ich war doch stets von Sünde frei!
Oh, weh! Es stürzt zusammen!
Gott! Mein Gott! Ich rufe deinen Namen!
*Alles bebt, VALENTIN fällt zu Boden, Putz fällt von der Decke, Bilder
von den Wänden, das Bild der Mutter vom Tisch, es kracht, scheppert
und staubt; dann wird es finster.*

VIERTE SZENE

*Im Keller des Hauses. Verwüstung. MEPHISTO vor dem gesplitterten
Standspiegel. Er steht so, dass weder vom Publikum noch von der Tür
aus sein Gesicht und sein Spiegelbild gesehen werden können. Kurz
darauf VALENTIN, danach LEMURIUS.*

M E P H I S T O: Mooaaaaarrrrrrääääääärrrrrhhhhhh! *(Oder ähnlich.)*
Er hält den Kopf schief und betrachtet sich.
   Ährrrrrrrrrrräääärrrrrrhhhhhhh! *(Oder ähnlich.)*
*Er bewegt wechselnd Kopf und Schultern ähnlich einer Lockerungs-
übung.*
   Ährrrrrrrrrrräääärrrrrrhhhhhhh! *(S. o.)*
Faust, du Sau! Wo bist du?

VALENTIN tastet sich mit dem Schwert in der Hand vorsichtig in den Raum hinein und stoppt dort abrupt ab, als er MEPHISTO erblickt.

V A L E N T I N: Stopp! Stillgestanden! Hände hoch!
  Keine Bewegung, oder ich… -
Er bricht ab.
M E P H I S T O: Was denn nun? Die Hände hoch?
  Oder nicht bewegen?
V A L E N T I N: Hände hoch! - Drei Schritt zurück!
  Stopp! - Nun noch ein kleines Stück!
  Stopp! - Da bleibst du stehen!
  Ich will dich jetzt von vorne sehen:
  Dreh dich *langsam* zu mir um!
  Und lass die Hände in der Luft!
MEPHISTO dreht sich um. Er sieht stark verändert aus: Deformiert und geflickt, ähnlich Frankensteins Monster. VALENTIN erschreckt und ringt um Beherrschung, das Schwert gerade vor sich ausgestreckt.
M E P H I S T O: Na, da staunst du, Kleiner, was?
  Hat mich dein Vater hübsch gemacht?
  Oder willst du etwa sagen,
  mein Anblick schlägt dir auf den Magen?
  Du wirst ganz grün und zitterst ja!
  Was willst du mit der Klinge da?
V A L E N T I N: Wo ist mein Vater?
M E P H I S T O: Was weiß ich?!
  Siehst du ihn hier? Ich seh ihn nicht!
  Gib mir das Ding; du bist der Mann
  noch nicht, mich zu bezwingen!
  Leg's weg, es wird dir Unglück bringen!
V A L E N T I N: Bleib da stehen, Missgeburt!
  Gleich sehn wir, wer befiehlt, wer spurt!
  Ich rufe jetzt die Polizei.
Er holt sein Telefon aus der Tasche und versucht mit einer Hand, es zu entsperren, während er das Schwert weiter auf MEPHISTO gerichtet hält.

LEMURIUS erscheint in der Tür.

M E P H I S T O: Wie du meinst, fühl' dich nur frei!

L E M U R I U S: Ta-tü, ta-ta, ta-tü, ta-ta,
in Blitzesschnelle sind wir da!

VALENTIN fährt herum. LEMURIUS entreißt ihm das Schwert und wirft es MEPHISTO zu. VALENTIN schaut wild zwischen beiden hin und her.

M E P H I S T O: Guter Wurf, Kollege! - Und? Was nun?
  Was willst du, Soldat, jetzt tun?

V A L E N T I N: Ein Zangenangriff! Ganz allein
  und unbewaffnet steh ich da.
  Der einzige Fluchtweg abgeschnitten.
  Von außen keine Rettung nah,
  die Truppe floh; was bleibt da schon?
  Entweder Kapitulation:
  Machtlos den Feind um Gnade bitten,
  ohnmächtiger Spielball ihm zu sein.
  Oder die letzte Flucht nach vorn:
  Die Augen weit, der Mund verbissen,
  jetzt wird sich nicht ins Hemd geschissen!
  Was soll ich hier, welche Funktion
  hab *ich* in diesem Spiel denn noch?
  Mein Vater schuf ein Höllenloch,
  Mutter ist tot - und Greta frei.
  Was braucht ihr dann noch mich dabei?
  Ich bin doch nur Charakter-echt,
  wenn ich jetzt falle im Gefecht!
  (Zu MEPHISTO.) Meinen Tod, den wirst *du* büßen!
  Das ist die Hoffnung, die mir bleibt.
  Wenn du's mit meiner Schwester treibst:
  Ich bin mal weg – und lass sie grüßen!

Er salutiert - und läuft dann entschlossen in das von MEPHISTO ausgestreckte Schwert. Aufgespießt sinkt er auf die Knie und stirbt, den Blick bis zuletzt auf MEPHISTO gerichtet.

M E P H I S T O *(erschrocken)*: Wie anders fühlt sich dieser Mord
  in meinem *neuen* Innern an!
  Was hab ich ihm bloß angetan?
  Meine Hand: Voll Blut vom Fang des Schwerts!
  Ach, wenn sie doch noch kalt und blutleer wär!
  Mir wird so weh, es treibt mich fort,
  voll Menschenschuld ist dieser Ort!

L E M U R I U S: Das war kein Mord! Doch *Suizid*

kauft Euch kein Strafverfolger ab.
Mir ist, als *wollte* er ins Grab,
wodurch er wahren Kampf vermied.
Sei's drum! - Flüchten ist nun angezeigt,
bevor gleich jemand kommt und schreit.
Der hier jedenfalls, der schweigt!
Abmarsch! Es wird höchste Zeit...

FÜNFTE SZENE

MARTHAS Garten. MARTHA, GRETA und ihre Freundinnen LISA,
SIBYLLA und BABETTE. GRETA kommt von drinnen mit einem Saft-
krug und Gläsern.

L I S A: Nun sag doch mal, was ist denn nun?
G R E T A: Was soll schon sein?
L I S A: Brauchst nicht zu tun,
  als wär nicht klar, was ich gerad' mein'!
S I B Y L L A: Wir sehen es an Nasenspitze an!
B A B E T T E: An *der* Nasenspitze, Süße,
  sieht man jemand etwas an.
S I B Y L L A: Fällt dir Ratschlag auf die Füße!
  Das ist *Dativ*: Jemand*em*!
M A R T H A *(lachend)*: Schluss jetzt! Sonst werdet ihr getrennt!
L I S A: *Der,* oder *Dativ,* oder nicht -
  wo ist denn nun dein Bösewicht?
  Oder soll ich *Liebster* sagen?
G R E T A: Seit mehr als einer Woche schon
  kam von ihm kein einz'ger Ton!
  Kannst du mich was Anderes fragen?
L I S A: Okay... - Wie laufen denn die Proben?
  Probt ihr inzwischen auf dem Berg?
G R E T A: Gestern war'n wir erstmals oben,
  Walpurgis' Originalschauplatz:
  Wie *das* den Geist des Stücks verstärkt!
  Ich hab kein einziges Mal gepatzt,
  Mephisto und die Hexen waren *echt*!
  Nur bei der Bahnfahrt war mir schlecht.

BABETTE: Dir geht's doch etwa nicht wie mir,
mit diesem kleinen Quälgeist hier?
Sie streichelt über ihren Bauch.
GRETA: Quatsch! So doch nicht. Wovon denn auch?
Da regt sich nichts in meinem Bauch!
SIBYLLA: Das wird auch besser sein für Rolle:
Schwanger sein – und dann ertränken sollen!
Am Ende kriegst du Heulkrampf!
BABETTE: *Einen!*
SYBILLA: Am Ende musst du schrecklich weinen.
Doch muss weinen Gretchen auch!
Ich finde klassisch: Greta Faust
ist Gretchen in Tragödie Faust!
LISA: Das Gretchen liebt von ganzem Herzen
und kommt dann um in seinen Schmerzen.
GRETA: Margarete wird gerettet!
LISA: Doch zuvor wird sie geköpft!
Was bist du denn so zugeknöpft?
Ich dachte, wir sind deine Mädels,
und wenn du einlädst, dass wir reden!
Neulich warst du so verliebt;
jetzt bist du's auch noch, wie man sieht!
GRETA: *Verliebt,* das ist doch nur ein Wort.
Der Garten war ein schön'rer Ort,
als *er* noch hier war. - Nichts gegen dich,
mein Tantchen, und auch euch, ihr Lieben!
Zwei Hoffnungsschimmer hatte ich:
Ihn - und die Rolle. Nur noch *sie*
ist mir davon geblieben.
LISA: Wieso kommt er denn nicht mehr?
GRETA: Alles schien mir plötzlich schwer;
ich verkrampfte, war nicht offen.
Zu Anfang hatte ich gedacht:
„Der Erste, der es richtig macht!"
Dann wollt' er mich zu schnell zu sehr!
Nun, glaubt er, darf er nicht mehr hoffen.
LISA: Doch dürfte er's, wenn's nach dir geht?
GRETA: Ich weiß nicht. Ja und nein. Ja! Nein!
Das, was uns im Wege steht,
müsste erst bereinigt sein.

L I S A: Was ist das denn?

G R E T A: Es ist in ihm!

  Sein inneres Wesen macht mir Angst,

  meistens denk' ich, er ist krank.

B A B E T T E: In *ihm*?! Nicht eher in dir?

  Du warst zu lang nicht mehr intim!

  So war es jedenfalls bei mir.

  Wie schnell es frau dann gehen kann... -

S Y B I L L A: ... sieht man dir an Bäuchlein an!

B A B E T T E *(lachend)*: Ich sag jetzt nicht schon wieder *am*!

L I S A: Das liegt doch ganz klar auf der Hand:

  Ihr braucht mehr Zeit zum Kennenlernen!

  Er griff direkt schon nach den Sternen

  und hat dich praktisch überrannt.

  Unternehmt doch einfach was!

  Woran habt ihr beide Spaß?

G R E T A: Keine Ahnung... -

S Y B I L L A: Lädst du ihn ein

  zu Stück-Premiere hoch auf Berg.

  Wird er wohl ermuntert sein,

  und kämpfen mehr für Gretas Herz.

G R E T A: Weiß nicht. Ob ihm das gefällt?

M A R T H A: Ich denke, deine Geste zählt.

  Alles Andere zeigt sich dann.

L I S A: Das ist gut! Ruf ihn gleich an!

  Nein, besser ist's, wenn du ihm schreibst,

  und ihm zwar Interesse zeigst,

  doch mit Distanz und Wartezeit.

  Premiere ist Walpurgisnacht?

  Schreib ihm noch heute, abgemacht?!

  Gibt es ein Gästeticket-Kontingent?

  Ja? Dann schick ihm eingescannt

  mit knappen Worten eines zu: :

  „Original liegt an der Kasse,

  dir bleibt es nun überlassen,

  es abzuholen oder nicht!"

  Zwei Wochen lang kann er entscheiden:

  „Will ich *sie*, oder will ich leiden?"

  So fängst du deinen Bösewicht!

G R E T A: Ich habe eher das Gefühl,

er will *mich* fangen, nicht ich ihn.

L I S A: Gefühlen gib dich später hin!
Erstmal ist jetzt doch das Ziel,
ihm einen Weg zu dir zu zeigen.
Denn sonst wird er wohl weiter schweigen!

G R E T A: Ich weiß nicht. - Tantchen, was meinst du?

M A R T H A: Du verpflichtest dich zu nichts,
und sicher bringt die Sache Licht
ins Dunkel; danach kommst du zur Ruh!

L I S A: Wichtig ist, dass er erfährt,
dass du die Karte nicht bezahlst.
Ein Frei-Ticket, nur als Signal;
sonst fühlt er sich zu sehr begehrt!

G R E T A: Wie soll ich das denn formulieren?

L I S A: Das brauchst du gar nicht zu probieren!
Gib mir dein Handy, *ich* mach das!
Endlich haben wir Mädels Spaß!

SECHSTE SZENE

Zoll-Schänke in einem Waldgebiet bei Auerbach. Später Abend. ME-
PHISTO und LEMURIUS am Tresen. Dahinter der Wirt. In einer Ecke
drei Männer beim Bier. Ein laufender Fernseher an der Wand.

M E P H I S T O *(angetrunken)*: So'n Rausch ist eigentlich nicht
schlecht!
Das Leid verschwindet, und es heißt mit Recht:
Wer Sorgen hat, hat Alkohol.
Lemurius, auf uns! Zum Wohl! Zum Wohl!

L E M U R I U S: Ich erinnere mich. In meinem Leben
hab ich ganz gern mal Gas gegeben!
Doch das ist nun Äonen her.
Inzwischen wirkt das Zeug nicht mehr.

M E P H I S T O: Du warst ein Mensch, ich bin es jetzt.
Wer zuletzt lacht, lacht zuletzt!
Nee… - Wie heißt das? Ach, drauf geschissen!
´tschuldigung, ich muss mal pissen!

Er geht zur Toilette und versucht unterwegs mit den Männern zu scherzen. Diese mustern ihn feindselig. LEMURIUS beobachtet das.

L E M U R I U S: Super Idee, Mephisto, ehrlich:
Du Teufel-Monster-Menschenmann,
die seh'n dich doch als Fremdling an.
Sieh dich bloß vor, sonst wird's gefährlich!

LEMURIUS verfolgt oberflächlich eine Nachrichtensendung im Fernsehen. Als er dort ein Foto von FAUST sieht, wird er nervös und bedeutet dem Wirt, den Fernseher lauter zu stellen. Eine Reporterin steht vor der Villa Faust und berichtet:

„… sollte am heutigen 29. April um 05:45 Uhr Ortszeit, wie die New Yorker Polizei berichtete, der deutsche Bio-Physiker Professor Dr. Johann Faust festgenommen werden, vor dessen Villa in Potsdam ich hier stehe. Dr. Faust steht nach Polizeiangaben unter dem dringenden Verdacht, seine Frau Helene Faust, geb. Omorfi, getötet zu haben. Sie war im Februar hier in der Villa ihrer Familie unter bislang ungeklärten Umständen zu Tode gekommen und galt als eine der reichsten Frauen Deutschlands. Trotz des Einsatzes von Spezialkräften schlug die Festnahme fehl. Wie das folgende Polizei-Video zeigt, gelang dem deutschen Forscher eine spektakuläre Flucht, die offenbar viele Menschenleben forderte."

Einspieler des Videos: FAUST, von Polizeikräften verfolgt, verschwindet von einer Sekunde auf die andere aus dem Bild, zeigt sich kurz danach am Fenster eines Hochhauses, sofort im Anschluss auf dem Dach einer Lagerhalle, dann direkt hinter den ihn verfolgenden Polizisten und unmittelbar darauf in einem vorbeifahrenden Taxi, jeweils winkend und sie lautstark verhöhnend. Während das Taxi nach anormal schneller Beschleunigung zunächst abhebt und schließlich mit gleißendem Blitz dematerialisiert, stürzen seitlich von seiner Flugrichtung abwechselnd links und rechts die Hochhäuser ein. Danach wieder die Reporterin:

„Es sind rätselvolle, verstörende und brutale Bilder, die uns da erreicht haben, und die schlimme Erinnerungen in uns allen wachrufen! Der heutige 29. April brennt sich ein in das Katastrophengedächtnis New Yorks und der Welt. Wir denken nicht nur an den 11. September 2001, sondern auch an den 29. Oktober 1929: Heute erleben diese Stadt und die ganze Welt erneut einen rabenschwarzen Dienstag! Dr. Faust wird mit internationalem Haftbefehl gesucht. Hinweise nimmt jede Polizeidienststelle entgegen. Es handelt sich um einen höchst gefährlichen Täter, dem gegenüber größte Vorsicht geboten ist!"

M E P H I S T O *(seit einer Weile zurück)*:
Faust, du Sau, du lässt es krachen!
Das könnte man nicht besser machen,
wenn man zum Beispiel Teufel wär!
Hach ja, das ist ein Weilchen her... -
Du Schwein hast mein Gesicht versaut!
So krieg ich niemals diese Braut,
dein Töchterchen, das heiße!
Scheiße, Alter! Scheiße, Scheiße!
Gestern hat sie mir geschrieben.
Ich hab's noch gar nicht durchgelesen.
Wo ist mein Handy denn geblieben?
Ach, ganz zufällig auf dem Tresen!
Und – zack! - entsperrt! Vielleicht schaust *du* gerad' mal
hinein, und liest mir vor, was sie so schreibt.
Wenn du dann denkst, für mich wär's Qual,
will ich, dass es *da drinnen* bleibt!
Er tippt LEMURIUS gegen die Brust.
L E M U R I U S: Okay. War's 'ne WhatsApp oder Mail?
M E P H I S T O: Was weiß ich?! Das *grüne* Teil!
L E M U R I U S: Dann schau'n wir mal. Ich hab's entdeckt!
Gestern Abend, kurz vor Sechs:
„Hallo, du Flüchtling! ;-) Na, wie geht's?
Wenn du auf Theater stehst,
dieser Eintritt steht dir frei:
Ein Gäste-Ticket zur Premiere,
wenn du Lust hast, komm vorbei!
Ob zu Fuß, ob Brockenbahn,
um acht Uhr fängt das Vorspiel an.
Und danach Tanzen in den Mai.
Wenn's doch endlich soweit wäre!
Ich bin ganz schön aufgeregt,
hoffe, dass sich das noch legt!
Fühl mich wie ein kleines Mädchen...
Liebe Grüße schickt das Gretchen :-)))"
M E P H I S T O: Was heißt das denn? Lädt sie mich ein?
L E M U R I U S: Sie scheint noch interessiert zu sein.

M E P H I S T O: Sie ließ es offen. Zeig mal her!
Hier: „...wenn du Lust hast". - Ach, wie schwer!
Pause.
So kann ich nicht zu ihr gehen!
Wie sollte sie denn *das* verstehen?
Ich sehe aus wie Frankenstein!
Das werde ich ihm nie verzeih'n!
L E M U R I U S: Wieviel versteht, wieviel *erträgt*
nicht eine liebende Frau?
Fürchtet Euch nicht! Bleibt ruhig. Seid schlau!
Verhüllt euch! Wenn sie Euch gegenüber steht,
so geht Ihr stufenweise vor:
Nicht gleich das Auge, erst das Ohr
erstrebt Ihr zu erreichen.
Wärmt sie im Gespräch euch an,
sprecht über das Stück zunächst - und dann
darüber, wie's ihr geht. Sendet ihr Zeichen,
wie Ihr Euch freut, dass Ihr sie seht,
dass Euch etwas im Kopf rum geht!
So fangt Ihr an, sie zu erweichen.
Sobald sie fragt, was mit Euch sei,
umkreist Ihr schön den heißen Brei:
Ihr sagt, das sei doch einerlei,
es sei auch weiter nichts dabei,
der Abend ja schon fast vorbei,
und alles neu mache der Mai... -
Sie wird dann weiter in Euch dringen,
und so Gelegenheit Euch bringen,
Euch langsam, *langsam,* zu enthüllen.
Mit Worten erst, und dann - auf *ihr* Geheiß! -
wenn sie schon alle Gründe weiß,
um letzte Neugier ihr zu stillen,
nehmt Ihr die Maske schließlich ab!
Sicherlich wird sie dann weinen,
ihr Mitgefühl unendlich scheinen;
das ist die Chance, die Ihr habt!
Zeigt euch zum Rückzug gleich bereit,
zeigt, dass Ihr wisst, wie furchtbar weit,
Erinnerung und Gegenwart,
hier auseinander klaffen!

Gegen Euch selbst seid eisenhart:
Euch zu mögen? Nicht zu schaffen!
Sie sei die Schöne, Ihr das Biest!
Kaum, dass Ihr den Moment genießt,
da sei der Abschied schon gekommen:
„Ich wünsch' dir einen rechten Mann – und frommen!"
Dieser Giftpfeil trifft ihr Herz!
Wie oft hat wechselseit'ger Schmerz
ein verfahrenes Liebesglück
mit etwas List und viel Geschick
schon in die Bahn zurückbekommen!
Dieser Plan führt Euch zum Sieg,
und sie wird tun, was noch verblieb!

M E P H I S T O *(erst verdutzt, dann heiter)*: Lemurius, Lemurius…!
Komm her zu mir! Prost! Und hier: Ein Kuss!
Sag *du* zu mir! Hab nicht gewusst,
dass du so'n Frauenkenner bist!
So mach ich das, das ist gewiss!

Er umarmt ihn, und sie stoßen erneut an. Unbemerkt haben sich die drei Männer hinter ihnen aufgestellt.

U W E 1: Zeit für's Bettchen, was, ihr Homos?!

M E P H I S T O: Was will der denn? - Was ist los?

U W E 1: Du schwule Missgeburt verpisst
dich jetzt von hier, verstanden!
Und dein Fick-Freund haut mit ab!

M E P H I S T O: Derbe Wortwahl, Botschaft klar.
Wie's früher Brauch und Sitte war.
Und wie's mir oft auch gut gefiel… -
da war aber nicht *ich* das Ziel!

U W E 1: Laber nicht rum! Trink aus und geh!

M E P H I S T O: Denkst du etwa, ich hab Schiss?
Was glaubst du denn, mit wem du sprichst?
Besser wär's, wenn *du* jetzt gehst! -

UWE 3 schlägt ihm ohne Vorwarnung direkt ins Gesicht.

U W E 2: Digger, lol, *das* tat jetzt weh!

U W E 1: Raus, ihr Wichser, jetzt! Sofort!
Sonst gibt es hier Brutal-Kampfsport!

M E P H I S T O *(Längere Pause bis er sich gefangen hat, dann beschwörend)*:
Mächtige Flamme,

ergreife Besitz.
Listige Schlange,
vergifte den Biss.
Eiserne Stangen,
haltet gefangen,
glühende Zangen
auf tot-bleichen Wangen:
Untergegangen,
teuflisch gemein,
menschlich' Verlangen
in ewiger Pein!

Die drei Uwes zeigen sich erstaunt und amüsiert.

U W E 2: Alter, was'n das für'n Flow?
  Bist du Rapper oder so?
  Die Lyrics klingen fast wie Rammstein!
U W E 1: Du Penner, lass die Witze sein!
  Die Tucken müssen weg von hier:
  Das ist arisches Revier!
  Zum letzten Mal, ich zähl bis Drei!
L E M U R I U S *(beiseite)*: Na, ob *das* klappt?
      (zu MEPHISTO):   Komm, wir hau'n ab!
U W E 1: Eins!
M E P H I S T O: Nein, ich werfe nicht das Tuch!
  Ich bann' sie mit dem stärksten Fluch!
U W E 1: Zwei!
M E P H I S T O:
  Dreimal die Sechs:
  Ich bin, der ich bin!
  Das alte Gesetz
  verleiht mir den Sinn.
  Wer sich widersetzt,
  den werde ich zwing'n!
  Dem Teufel, der hext,
  wird alles... -
U W E 1: Drei!

UWE 3 schmettert MEPHISTO mit voller Wucht die Faust ins Gesicht und traktiert ihn im Folgenden massiv mit Schlägen und Tritten. UWE 1 und 2 halten währenddessen LEMURIUS fest. Der Wirt dreht den Fernseher lauter und verlässt dann den Schankraum. Im Fernsehen läuft ein „Spezial" zu den Ereignissen in New York. Gerade wird Professor Kühn wird in seinem Institut interviewt.

R E P O R T E R: Wir sprechen jetzt mit Professor Kühn, der viele Jahre lang Partner des als Mörder und Terroristen gesuchten deutschen Wissenschaftlers Dr. Faust war. Herr Professor Kühn, wie beurteilen Sie die heutigen Ereignisse?

P R O F. K Ü H N: Ich bin zutiefst erschüttert. Mein Mitgefühl gilt den Familien der Opfer.

R E P O R T E R: Wie konnte es dazu kommen, dass ein so anerkannter und erfolgreicher Wissenschaftler offenbar solche Taten zu verantworten hat?

P R O F. K Ü H N: Ich kann es nicht sagen. Ich bin sprachlos.

R E P O R T E R: Worin bestand Ihre gemeinsame Arbeit mit Dr. Faust?

P R O F. K Ü H N: Unsere Forschung erfolgte auf dem Gebiet der Integrierten Quanten-Genetik.

R E P O R T E R: Warum wurde sie beendet?

P R O F. K Ü H N: Es gab methodische Differenzen.

R E P O R T E R: Worin bestanden diese Differenzen?

P R O F. K Ü H N: Schauen Sie sich die Veröffentlichungen des Kollegen in den letzten fünf, sechs Jahren an…

R E P O R T E R: Was heißt das genau?

P R O F. K Ü H N: Wie gesagt: Ich verweise da auf seine Veröffentlichungen. Schauen Sie sich an, was die Kollegen dazu geschrieben haben.

R E P O R T E R: Ein Fachjournalist hat ihn einmal als „scharlatanesken, von Hybris umnebelten Pseudo-Gott" bezeichnet. Wie bewerten Sie diese Äußerung?

P R O F. K Ü H N: Das möchte ich nicht kommentieren.

R E P O R T E R: Es heißt, er sei als Nobelpreis-Kandidat gehandelt worden. Wie kann das sein? Handelt es sich hier nicht offensichtlich um eine krankhaft gestörte Persönlichkeit?

P R O F. K Ü H N: Auch das werde ich nicht kommentieren.

R E P O R T E R: Herr Professor Kühn, wir danken Ihnen für das Gespräch!

SIEBENTE SZENE

Nacht. Landstraße. LEMURIUS und MEPHISTO auf einer schwarzen Vespa daher brausend.

M E P H I S T O: Aua, Mann! Jetzt pass doch auf!
  Jedes Schlagloch nimmst du mit!
L E M U R I U S: Entschuldigung, sah nicht so aus!
  Das ist ein echter Höllenritt!
M E P H I S T O: *Du* hast noch Spaß! *Ich* weiß nicht, wie
  ich vor Schmerzen sitzen soll!
L E M U R I U S: Denk positiv: Bald hältst du sie
  in deinem Arm, ist das nicht toll?
  Da nimmt man Schmerz doch gern in Kauf!
  Halt dich gut fest, ich drehe auf…

ACHTE SZENE

Auf dem Brocken. Garderobe. GRETA, LISA und Maskenbildnerin. GRETA wird frisiert und geschminkt.

L I S A: Danke, Süße, ist das spannend!
  Hinter der Bühne war ich nie.
G R E T A: Ich hoff, es wird ein schöner Abend…
L I S A: Denkst du die ganze Zeit an ihn?
G R E T A: Ob er wohl kommt? Und wenn ja: Wann?
L I S A: Na klar kommt der! Er ist ein *Mann*!
G R E T A: Ich bin unendlich nervös!
  Wenn ich nun meinen Text vergess'?
L I S A: Natürlich ist dann *er* Schuld dran!
G R E T A: Hör auf! An diesem Abend hängt zu viel!
  Mein jahrelang erkämpftes Ziel,
  das *muss* was werden!
L I S A: Wird es auch!
  Deutlich und klar sagt das mein Bauch!
M A S K E N B I L D N E R I N:

So! Zufrieden?

Greta nickt langsam.

Toi, toi, toi!

L I S A: Ach, Süße! Schön! Wie ich mich freu!

NEUNTE SZENE

Bahnhof Schierke. MEPHISTO und LEMURIUS nähern sich dem Bahnsteig. MEPHISTO humpelt und bleibt immer wieder schmerzerfüllt stehen. In der Folge diverse Auftritte und Abgänge.

M E P H I S T O: Halt! Warte doch! Ich kann nicht mehr.

L E M U R I U S: Hier ist es ja gespenstisch leer.

Sind wir die Einzigen am Zug?

Er schaut auf seine Uhr und dann auf den Fahrplan. Daneben hängt ein großformatiges Werbeplakat für die Aufführung von Faust I, welches Faust und Mephistopheles zeigt.

Das gibt's doch nicht, das kann nicht sein:

Die letzte Bahn fuhr kurz nach Drei?

Das grenzt ja wohl schon an Betrug:

Um Acht fängt doch das Stück erst an!

Thanks for nothing, Schmalspurbahn!

M E P H I S T O: Was bitte machen wir denn jetzt?

Wie kommen wir zum Gipfel rauf?

Es ist unmöglich, dass ich lauf,

ich bin am ganzen Leib verletzt!

L E M U R I U S: Sind weder Besen hier, noch Knotenstock,

die wir benutzen könnten?

So fasse einen Hexenrock

gewaltsam mit den Händen.

Befiehl es ihr, und sie trägt uns

hinfort über die Wipfel;

und lange vor der Zueignung

sind wir schon auf dem Gipfel!

M E P H I S T O: Es ist ja schön, dass *du* noch glaubst.

All dessen bin ich jetzt beraubt:

Ich bin nicht mehr, der ich einst war.

Denk nur an gestern, in der Bar…

LEMURIUS: Wir müssen uns zu Fuß bequemen!
Wir sind früh dran. Es ist noch hell.
Des Irrlichts leichtes Naturell
musst du diesmal nicht bezwingen.
Der Weg kann uns allein gelingen,
wenn wir genau die Pausen nehmen,
die dein geschund'ner Leib verlangt.
Du bist lädiert. Du bist nicht krank!
MEPHISTO: Geh du allein. Ich schaff' es nicht.
Geh du zu ihr, vertrete mich.
Ich bin nicht krank. Es ist viel schlimmer:
Ich hab die Macht verlor'n - für immer!
LEMURIUS: So bist du recht - auf eigenen Wunsch,
erinnere dich! - im Menschsein jetzt zu Hause:
Erwirbst dir eines Weibes Gunst,
und jammerst nur und klagst und zagst
und weinst; und meinst, das Ende deiner Kunst
sei wie der Igel stets schon da,
weil nichts so ist, wie's früher war!
Wenn du dich *so* nun gar nicht magst,
was ließest du nicht gleich die Flausen?
Du solltest *ihn* verführ'n, nicht *sie*!
Ihn mit in die Hölle zieh'n,
statt dich zum Schwiegersohn zu mausern!
Doch du, du *wolltest* so entscheiden!
Jetzt bist du Mensch, jetzt musst du leiden.
Wie jeder Mensch strebst du danach
jedwede Konsequenz zu meiden.
Wenn du so leben willst, dann mach!
Doch zeig uns *einmal* noch den Herrn,
den wir gewohnt war'n zu verehr'n!
Danach verlassen wir dich gern.
Du warst doch sonst so ziemlich eingeteufelt... -
Nichts ist unmöglicher auf der Welt
als so ein Teufel, der verzweifelt!
MEPHISTO: Boah, Lemurius, das hat Gewicht!
Du klingst ja fast schon so wie ich.
Also, nicht jetzt. - Ich meine früher.
LEMURIUS: Da warst du noch der Strippenzieher,
der größte Meister seines Fachs!

Als dein ergebenster Geselle
hab treu ich alles mitgemacht,
war stets auf deinen Wink zur Stelle.
Doch *nun* hast du zu kurz gedacht!
Mann, heute ist Walpurgisnacht,
da *musst* du auf dem Blocksberg sein!
Ich kann dich nicht ad hoc vertreten.
Wenn's *morgen* dir geboten scheint,
dann magst du mir mit Drum und Dran
dein hergebrachtes hohes Amt,
soweit dir möglich, voll und ganz
für alle Zukunft übergeben.
Was ich nur kann, das werd' ich tun,
werde nicht rasten und nicht ruh'n,
und niemals werd' ich stille stehn!
Denn dieser Thron darf nie verwaisen,
soll nicht die ganze Welt entgleisen
und krachend aus den Fugen gehn!
Doch heute bist noch *du* der Chef:
Reiß dich zusammen, auf geht's jetzt,
den *Teufel* wollen sie anbeten!
MEPHISTO: Teufel sein - oder es nicht sein,
  das ist doch hier die Frage!
  Doch eh ich mich als Hamlet plage,
  hör, was ich dir als Antwort sage:
  Was geschehn kann, mag geschehn!
  Es wird nur wohl recht langsam gehn.
  Von einem Hexen-Stelldichein
  hab ich noch diesen Zaubersaft,
  der Heinrich Faust half, Manneskraft
  und volle Jugend zu entfalten.
  Die Alte nahm ihn aus dem Schrein,
  und kichernd schärfte sie mir ein,
  ihn bis Walpurgis zu behalten;
  dann flog sie auf dem Bocke fort.
  Nun, heute sind wohl Zeit und Ort,
  des Säftchens Wirkung zu erproben!
Er holt das Fläschchen hervor, betrachtet es und leert es dann.
  Und wenn es auch den Schmerz betäubt,
  wir Zwei sind längst noch nicht dort oben;

ich werd's nicht vor dem Abend loben!
Gesetzt, es klappt, dann ist das heut'
des Teufels letzter Gala-Tag.
Danach ist Schluss, ich trete ab.
Es komme dann, was kommen mag,
und sei's das ewig kalte Grab!

L E M U R I U S: Mephisto, so gefällst du mir!
Was stehen wir noch länger hier?
Auf geht es, in den Wald hinein!
Der Frühling webt schon in den Birken,
und auch ich, ich fühl' ihn schon.
Wird auch auf deine Glieder wirken!
Spürst du die Power-Kombination?
Mit Frühlingskraft und Hexensaft
ist aller Anfang schnell geschafft!

Er lauscht.
Hörst du das? Ein Lied erklingt;
das werden Wanderer sein.
Los, los, nun komm, wir reih'n uns ein!
Denn, wo man Wanderlieder singt
und nebenbei zum Ziele dringt,
läuft sich's viel leichter als allein!

Eine größere Gruppe von Seniorinnen und Senioren zieht heran und singt.
LEMURIUS und MEPHISTO gehen langsam nebenher und fallen schließlich bis ans Ende der Gruppe zurück.

S E N I O R I N N E N:
Wer so ein faules Gretel hat,
kann der wohl lustig sein?
Wer so ein faules Gretel hat,
kann der wohl lustig sein?
Sie schläft ja alle Morgen, Morgen,
bis die Sonn' ins Bette scheint,
und der Hirt' ist schon im Wald,
und der Hirt' ist schon im Wald!

S E N I O R E N:
Der Vater aus dem Holze kam;
das Gretel, das schlief noch.

Der Vater aus dem Holze kam;
das Gretel, das schlief noch:
„Schlaf du an tausend Teufeln, Teufeln!
Unsere Kuh steht noch im Stall,
und der Hirt' ist schon im Wald,
und der Hirt' ist schon im Wald!"

S E N I O R I N N E N:
Das Mädel aus dem Bette sprang,
den Rock in ihrer Hand.
Das Mädel aus dem Bette sprang,
den Rock in ihrer Hand.
Sie tat die Kuh wohl melken, melken,
mit der ungewasch'nen Hand!
Ist das nicht 'ne wahre Schand',
ist das nicht 'ne wahre Schand'?

S E N I O R E N:
Als sie dic Kuh gemolken hat,
da gießt sie Wasser zu.
Als sie die Kuh gemolken hat,
da gießt sie Wasser zu.
Sie tat's dem Vater zeigen, zeigen:
„So viel Milch gibt unsere Kuh.
Sieh, das macht die lange Ruh,
sieh, das macht die lange Ruh!"

L E M U R I U S *(lüstern)*: Die Lady hat mich angesehen
und will mich offenbar betören!

M E P H I S T O: Lass sie zieh'n, wir bleiben stehen:
Ich kann solch' Liedgut nicht mehr hören!
Es zieht mich runter, lähmt die Glieder.

L E M U R I U S: Was hast du denn? Die alten Lieder,
die mochtest du doch früher so!

Während er singt, winkt ihm die Seniorin zu und zieht mit der Gruppe weiter:
Es war einmal ein König,
der hatt' einen großen Floh.
Den liebt' er gar nicht wenig... -

M E P H I S T O: Hörst du gar nicht, was ich sag?!
Hör auf damit, es macht mich schwach!

LEMURIUS hält den Finger auf den Mund und lauscht erneut.

L E M U R I U S: Da hat jetzt gerad' ein Kind gelacht:

Familienausflug, Brückentag!

Eine Familie kommt um die Wegbiegung. Die Eltern grüßen nickend.

M U T T E R: Nun, komm, mein Mäuschen, bleib nicht stehn!
K I N D: Ich *will* aber nicht weiter gehn!
V A T E R: Dann gibt's da oben nichts zu essen!
  Im Auto haben wir lang gesessen,
  jetzt, wandern wir! Drum sind wir hier!
K I N D *(zeigt auf MEPHISTO)*: Der hat mich komisch angesehn!
V A T E R: „Der" sagt man nicht. Es heißt „der Mann".
M U T T E R: Der Mann hat dir doch nichts *getan*!
K I N D: Sein Gesicht sieht komisch aus!
V A T E R: Wenn du nicht kommst, fahr'n wir nach Haus',
  kleines Fräulein, hörst du das?!
M U T T E R: Mäuschen, komm, wir spielen was!
  Ich sehe was, was du nicht siehst… -
  und das… ist… ähm… - schwarz!
K I N D: Schwarz? - Von dem Mann da, seine Seele!
V A T E R: So, jetzt reicht´s mir aber, Nele!
  Wir fahr'n nie wieder in den Harz!
(Zu seiner Frau.)
  Wenn *du* die Kleine so verziehst,
  wundert's mich nicht, wenn sie das sagt!
M U T T E R: Hör auf damit! - Ach, Mäuschen, schau:
  Da guckt ein Häschen aus dem Bau!
V A T E R *(zu den Männern)*: Es tut mir leid, sie ist zu frech!
M U T T E R: Und horch, da hinten klopft ein Specht…

Die Familie entfernt sich rasch seitlich vom Wege in den Wald.

M E P H I S T O: Kindermund tut Wahrheit kund!
L E M U R I U S: Zum Zagen ist jetzt nicht die Stund'!
  Wir müssen weiter. Hier entlang!

M O U N T A I N B I K E R *(ruft heranschießend)*:
  Ach-tung, Ach-tung! Auf-ge-passt!
*Er streift den zur Seite springenden MEPHISTO am Arm und ist kurz
darauf wieder außer Sicht.*

M E P H I S T O: Von allen werde ich gehasst… -

Der stößt mich mit dem Lenker an!

Früher hätt' ich den zerscheitert!

L E M U R I U S: Das hätt' uns sicher aufgeheitert!

Sie gehen eine Weile bergauf. Zeit vergeht. Die unterschiedlichsten Waldgeräusche sind zu hören. Der Tag neigt sich, es wird zunehmend dunkler.

M E P H I S T O *(humpelnd, außer Atem)*:

Die Dämmerung bricht schon herein!

Wie weit mag's noch bis oben sein?

L E M U R I U S: Keine Ahnung. Frag nicht, geh!

M E P H I S T O: Mir tut noch immer alles weh!

Sie wandern weiter. Es wird fast vollständig dunkel.

L E M U R I U S: Scheiße! Mist! Das war ein Loch!

Kurze Pause.

Wie viel Akku hast du noch?

M E P H I S T O: Warum?

L E M U R I U S: Oh, Mann, ich kann nicht mehr!

Jetzt gib mir mal dein Handy her!

Der Zaubersaft scheint dich zu lähmen!

Ah, super: Der ist noch halb voll.

Er schaltet die Taschenlampe des Handys ein.

S T I M M E A U S D E M H A N D Y:

Der Berg ist heute zaubertoll!

Und wenn *mein* Licht den Weg euch weisen soll,

dann dürft ihr's so genau nicht nehmen!

L E M U R I U S: Das Ding hat 'ne Walpurgis-App?

S T I M M E A U S D E M H A N D Y:

Das hätt'st du nicht gedacht, du Depp!

L E M U R I U S: Anscheinend wurd' das Teil gehackt!

Was fangen wir jetzt damit an?

S T I M M E A U S D E M H A N D Y:

Die Hexe hat's ihm zugesteckt!

L E M U R I U S: Dann zeig mal, dass du fliegen kannst!

Er wirft es wie eine Frisbee-Scheibe davon. Es zerschellt an einem Felsen.

Nun… - Da hab ich überreagiert!

Was soll's! Zu spät! Es ist passiert.

Dann geht's im Finstern nun bergan.

Das Auge, das gewöhnt sich dran!

Im Folgenden die Geräusche ihres Atems, ihrer Schritte, von Tieren der Nacht sowie Laute unklarer Herkunft. Zeit vergeht. Als sie den Gipfel erreichen, zeigt sich die Sichel des abnehmenden Mondes.

L E M U R I U S: Schließlich ist es doch geschafft!

    Sofern ich das gerad' richtig höre,

    sind das die Stimmen der Akteure.

    Den Anfang haben wir verpasst.

M E P H I S T O: Das Stück wird fast zu Ende sein!

Er zieht eine Mephistopheles-Maske aus der Tasche.

    Das mit der Maske: Muss das sein?

L E M U R I U S: Auf jeden Fall! Das ist der Clou!

    Denn in Wahrheit bist das du!

    Was immer jetzt aus dir geworden,

    darunter ist es gut verborgen!

M E P H I S T O: Lemurius, ich kann sie sehn!

    Schau doch! Sie ist wunderschön!

    Das Gretchen steht ihr wunderbar!

    Etwas zerzaust scheint mir ihr Haar:

    Das muss die letzte Szene sein!

L E M U R I U S: Dann sollten wir uns nun beeil'n.

    Setz' jetzt schnell die Maske auf!

    Du triffst sie nach dem Schluss-Applaus.

M E P H I S T O: Schluss? Wovon? - Wieso? - Nein, nein!

    Sofort wird jetzt das Gretchen mein!

    Ich ziehe meine Maske an,

    denn allzu bald bin ich schon dran!

L E M U R I U S:

    Dran? Womit? Was hast du vor?

    (Begreifend.) Das geht nicht! Bist du denn verrückt?!

    Wenn du das *machst*, bist du verlor'n!

M E P H I S T O: *Ich* bin das doch in diesem Stück!

    Du hast es gerade selbst gesagt.

    Schon ewig hat's an mir genagt,

    wie wenig es den meisten glückt,

    die Rolle richtig auszuspielen.

    Kaum laienhaft gelingt es Vielen!

    Zum ersten und zum letzten Mal

    seht ihr das wahre Original!

    Du musst den Mimen daran hindern,

    die Bühne nochmals zu betreten!

Um das Finale nicht zu mindern,
werde er nun hinfort gebeten -
oder was dir sonst einfällt.
Zur Not bestichst du ihn mit Geld.
Gretchen, Gretchen, sorg dich nicht!
Ich komme und befreie dich!

*Er bahnt sich den Weg zum Rand der Open-Air-Bühne. LEMURIUS
eilt Kopf schüttelnd und die Hände ringend in Richtung Backstage-
Bereich. Das Stück nähert sich dem Ende. Margarete, gespielt von
GRETA, und Heinrich Faust, dargestellt von einem Schauspieler, auf
der Bühne. Am Ende MEPHISTO als Mephistopheles dazu. (**Original-
text** mit Änderungen am Schluss.)*

MARGARETE.
   Ich darf nicht fort; für mich ist nichts zu hoffen.
   Was hilft es, fliehn. Sie lauern doch mir auf.
   Es ist so elend, betteln zu müssen,
   Und noch dazu mit bösem Gewissen!
   Es ist so elend, in der Fremde schweifen,
   Und sie werden mich doch ergreifen!
FAUST. Ich bleibe bei dir.
MARGARETE. Geschwind! Geschwind!
   Rette dein armes Kind!
   Fort! immer den Weg
   Am Bach hinauf,
   Über den Steg,
   In den Wald hinein,
   Links, wo die Planke steht,
   Im Teich.
   Faß es nur gleich!
   Es will sich heben,
   Es zappelt noch!
   Rette! rette!
FAUST. Besinne dich doch!
   Nur *einen* Schritt, so bist du frei!
MARGARETE. Wären wir nur den Berg vorbei!
   Da sitzt meine Mutter auf einem Stein,
   Es faßt mich kalt beim Schopfe!
   Da sitzt meine Mutter auf einem Stein

Und wackelt mit dem Kopfe;
Sie winkt nicht, sie nickt nicht, der Kopf ist ihr schwer,
Sie schlief so lange, sie wacht nicht mehr.
Sie schlief, damit wir uns freuten.
Es waren glückliche Zeiten!

FAUST. Hier hilft kein Flehen, hilft kein Sagen,
so wag ich's, dich hinweg zu tragen.

MARGARETE.
Laß mich! Nein, ich leide keine Gewalt!
Fasse mich nicht so mörderisch an!
Sonst hab ich dir ja alles zu Lieb getan.

FAUST. Der Tag graut. Liebchen! Liebchen!

MARGARETE.
Tag! Ja, es wird Tag! der letzte Tag dringt herein;
Mein Hochzeittag sollt es sein.
Sag niemand, daß du schon bei Gretchen warst.
Weh meinem Kranze!
Es ist eben geschehn!
Wir werden uns wiedersehn;
Aber nicht beim Tanze.
Die Menge drängt sich, man hört sie nicht.
Der Platz, die Gassen
Können sie nicht fassen.
Die Glocke ruft, das Stäbchen bricht.
Wie sie sich mich binden und packen!
Zum Blutstuhl bin ich schon entrückt.
Schon zuckt nach jedem Nacken
Die Schärfe, die nach meinem zückt.
Stumm liegt die Welt wie das Grab!

FAUST. O wär ich nie geboren!

MEPHISTOPHELES *(erscheint draußen)*.
Auf! oder ihr seid verloren!
Unnützes Zagen! Zaudern und Plaudern!
Mein Pferde schaudern,
der Morgen dämmert auf.

MARGARETE. Was steigt aus dem Boden herauf?
Der! der! Schick ihn fort!
Was will der an dem heiligen Ort?
Er will mich!

FAUST.   Du sollst leben!

MARGARETE. Gericht Gottes! dir hab ich mich übergeben!

M E P H I S T O *(zu GRETA)*: Komm! Komm! Ich lasse dich nicht im Stich!

MARGARETE. Dein bin ich, Vater! Rette mich!
  Ihr Engel! Ihr heiligen Scharen,
  Lagert euch umher, mich zu bewahren!
  Heinrich! Mir graut´s vor dir.

MEPHISTOPHELES.
  Sie ist gerichtet!

STIMME *(von oben).* **Ist gerettet!**

M E P H I S T O *(zu GRETA)*: Her zu mir!

Er verschwindet mit ihr.

STIMME *(von innen, verhallend).*
  Heinrich! Heinrich!

Der Vorhang fällt. Applaus. Der Vorhang wird aufgezogen, den noch anwesenden Schauspielern ist deutlich ihre Verwirrung anzumerken. Nach einer Weile überträgt sich diese auf das Publikum, das sich ratlos zu zerstreuen beginnt. LEMURIUS kommt gelaufen, MEPHISTO suchend.

L E M U R I U S: Chef? Chef! Wohin bist du gegangen?
Er schaut zwischen Aufbauten hindurch zu einem Gebüsch.
  Oh, nein! Nicht das! Es ist ihm durchgegangen!
  Er würgt sie! Sie fällt hin! Er drauf!
  Jetzt macht er sich die Hose auf!
  Ich weiß nicht, was ich denken soll!
  Ich hab ihm stets Respekt gezollt,
  weil er der Bösen Größter war.
  Wenn er jetzt diese Möse da
  mit Teufelsmacht gewaltsam nimmt,
  was, wie ich seh, ihm kaum gelingt,
  dann müsst' ich jubeln. Hieß es doch,
  dass er der Böse immer noch
  und meine Welt in Ordnung sei.
  Und doch ist Mitleid auch dabei!
  Empfind' ich so, weil er so roh
  und plump sein Menschsein gleich verspielt?
  Ich *half* ihm ja zu diesem Ziel,
  von dem ich ihn *entfernen* wollt'!

Verhielt ich mich auch da loyal,
weil ich ihn lieb', oder einmal,
endlich mal ich, der Schattengeist,
der *erste* Böse werden sollt',
statt stets nur Nummer Zwei zu sein?
Ich weiß es nicht! - Doch was ist das?
Gretchen erhebt sich aus dem Gras,
wo er sie gerad' noch niederrang,
und drohend fuchtelnd scheucht sie ihn!
Mit offener Hose kann er nicht,
die Teufelsmaske in der Hand,
so schnell vor ihrer Rache fliehn!
Oh, Grauen, ich verberge mich!
Da werd' ich nicht dazwischen gehn!
Sie funkelt, schäumt in ihrem Hass!
Das wird nicht gut zu Ende gehn!

GRETA aufrecht hinter dem strauchelnd fliehenden MEPHISTO,
Schauspielerinnen und Schauspieler eilen hinzu.

G R E T A: Du Vieh! Du Schwein! Du Ungeheuer!
  Du Spottgeburt von Dreck und Feuer!
  Du impotenter Teufel, du!
  Was zur Hölle heuchelst du
  von Liebe und vom Anderswerden?
  Als ob *ein* Mann auf dieser Erden
  auch nur den *Willen* hätt', kein Schwein zu sein!
  Den Willen hätt', sich einzulassen,
  sich mit was And'rem zu befassen
  als nur sich selbst. Vom *Können* sprech' ich nicht!
  Intuition, du warntest mich!
  Doch endlich frei sein wollte ich,
  den Zweifel, der mich stets beschlich,
  abtöten, ein für alle Mal!
  Umso größer nun die Qual,
  dass alles, was ich immer wusste,
  genau *so* sich erfüllen musste.
  Auf, Kolleginnen! Ihr Männer, auf!
  Schart euch um mich, kommt zuhauf!
  Ergreift für mich mit euren Händen,

das Tier, das schon am Boden liegt,
das entblößt' mir seine Lenden!
Denn heute wird das Tier besiegt!
Mephisto, hör was ich dir sage:
Das Ziel ist nah, der Zeiger fällt,
denn heut' verlässt du diese Welt!
Das ist das Ende deiner Tage!

Die versammelte Menge rückt mehr und mehr auf MEPHISTO zu, der strauchelnd zu fliehen versucht. Dabei wird er mehr und mehr an einen Abhang gedrängt. Zuletzt steht er auf einem Felsen, wild um sich blickend, nach einem Fluchtweg suchend. Er verliert das Gleichgewicht, schreit laut auf und stürzt ab. Eine Mittelalter-Band, die sich in der Zwischenzeit auf der Bühne eingerichtet und die Vorgänge, ebenso wie das noch anwesende Publikum, nicht mitbekommen hat, beginnt zu spielen und zu singen:

Der grimmig Tod mit seinem Pfeil
tut nach dem Leben zielen.
Sein Bogen schießt er ab mit Eil'
und lässt nicht mit sich spielen.
Das Leben schwind' wie Rauch im Wind,
kein Fleisch mag ihm entrinnen.
Kein Gut noch Schatz find' bei ihm Platz:
Du musst mit ihm von hinnen.

Kein Mensch auf Erd' uns sagen kann,
wann wir von hinnen müssen;
wann kommt der Tod und klopfet an,
so muss man ihm aufschließen.
Er nimmt mit G'walt hin Jung und Alt,
tut sich vor niemand scheuen.
Des Königs Stab bricht er bald ab
und führt ihn an den Reihen.

Vielleicht ist heut' der letzte Tag,
den du noch hast zu leben.
O Mensch, veracht' nicht, was ich sag:
Nach Tugend sollst du streben!
Wie mancher Mann wird müssen dran,

so hofft noch viel der Jahren,
und muss doch heint, weil d' Sonne scheint,
zur Höll' hinunter fahren.

EPILOG

Hölle. LEMURIUS im schmiedeeisernen Lehnstuhl. In gebeugter Hal-
tung nähert sich MEPHISTO. Später tritt FAUST auf.

L E M U R I U S: Ich sagte doch: Für heute reicht's!
 Und trotzdem störst du mich und schleichst
 hier elend rum. Was ist denn noch?
M E P H I S T O: Neulich, da befahlst du doch… -
L E M U R I U S: *Wie* heißt das? Sag's noch einmal!
M E P H I S T O: Entschuldigung, oh Herr, verzeiht!
 Ich geb Euch pflichtgemäß Bescheid:
 Verdorbenstes Seelenmaterial
 wurde gerade hergebracht.
 Der Mann verstarb die letzte Nacht.
L E M U R I U S: Das haben wir schon reichlich hier!
 Und darum kommst du nun zu mir?
M E P H I S T O: Ein exquisites, hoch prekäres,
 und besond'res Exemplar.
 Ich dachte mir, am besten wär es,
 Ich bring ihn Euch auf den Altar!
L E M U R I U S: Nun, also: Seh ich ihn? Wo ist er?
M E P H I S T O: Die Gehilfen bringen ihn her.

Lemuren bringen den gefesselten FAUST herein. Er ist mit Einschuss-
löchern übersät.

L E M U R I U S: Ach, sieh an! Der Doktor Faust!
 Ist's mit der Weltherrschaft schon aus?
 Hast du den Tod nicht überwunden?
 Du hast dich zeitig eingefunden!
 Mephisto, es ist Zeit zu gehn.
 Ich will dich vorerst nicht mehr sehn!

MEPHISTO ab.

F A U S T: Ich denke, dass wir schöne Stunden
    als Meister hier erleben werden.
    Ich hab gelebt und hab gefunden:
    Es lebt sich schlecht auf dieser Erden!
    Du hast studiert, du weißt so allerlei,
    wirst Doktor gar, ganz nebenbei,
    greifst nach der Krone unverdrossen… -
    und plötzlich kommt die Polizei,
    macht viel Alarm und Mordsgeschrei,
    und einfach so wirst du *erschossen*!
    Ist das gerecht? Ist das so richtig?
    Die ganze Wissenschaft ist nichtig
    vor einer kruden Staatsgewalt!
    Vor Wissenskraft macht sie nicht halt!
    Drum hab ich mir hierher begeben:
    Wo würdig-alte Geister weben,
    da bin ich Faust, da kann ich's sein!
    Dir biet' ich ein Joint-Venture an,
    indem wir unser Wissen teil'n!
    Wer was erschaffen will als Mann,
    der schafft das heut' nicht mehr allein!
    Geschäftlich reich' ich dir die Hand:
    Gib deine mir, und: Topp! Schlag ein!
    So knüpft sich neu das ew'ge Band,
    und wir zwei Großen sind vereint!
L E M U R I U S: Faust! Du bist ein schlimmer Finger,
    wie es dein Ahnherr schon gewesen!
    Achtung, Wortwitz! Das ist immer
    aus eurem *Namen* schon zu lesen.
    Doch das ist nicht so kurz zu fassen,
    und wir besprechen das demnächst.
    Für heute bist du, hoch und höchst,
    fürs Erste vom Gespräch entlassen!

*FAUST mit Verbeugung ab. LEMURIUS sinnierend, allmählich lä-
chelnd im Lehnstuhl. Vorhang.*